ΤΟ ΟΝΕΙΡΟ ΤΗΣ ΑΓΑΠΗΣ

Η ΜΑΓΕΙΑ ΤΗΣ ΑΓΑΠΗΣ ΒΙΒΛΙΟ 2

BETTY MCLAIN

Μετάφραση
NIKOLETTA SAMOILI

Αυτό το βιβλίο είναι αφιερωμένο σε όλους όσοι πιστεύουν στην προηγούμενη ζωή, στις αδελφές ψυχές και στην πολύ πραγματική πιθανότητα να βρουν το Όνειρο της Αγάπης.

ΠΡΌΛΟΓΟΣ

"Βοηθήστε με! Βοηθήστε με!"

Ο Μάρκους σηκώθηκε απότομα στο κρεβάτι, ξυπνώντας από τον ύπνο του από μια γυναικεία φωνή που καλούσε σε βοήθεια. Κοίταξε γύρω στο δωμάτιο και, σηκώθηκε από το κρεβάτι, πήγε και κοίταξε έξω από το παράθυρο. Δεν υπήρχε τίποτα εκεί έξω. Πήγε στην κουζίνα και κοίταξε από τα παράθυρα εκεί μέσα.

"Λοιπόν", είπε ο Μάρκους. "Υποθέτω ότι πρέπει να ονειρευόμουν. Μου φάνηκε τόσο αληθινό".

Ο Μάρκους επέστρεψε στην κρεβατοκάμαρα και κοίταξε το ρολόι. Είχαν περάσει μόνο τρεις ώρες από τότε που ξάπλωσε. Ξαναγύρισε στο κρεβάτι και θέλησε να κοιμηθεί λίγο ακόμα. Το αύριο θα ερχόταν σύντομα.

Ο Μάρκους είχε βυθιστεί βαθιά στον ύπνο, όταν ακούστηκε ξανά η ίδια γυναικεία φωνή.

"Βοηθήστε με, κάποιος να με βοηθήσει", παρακάλεσε η γυναικεία φωνή.

Ο Μάρκους δεν ξύπνησε αυτή τη φορά. Βυθίστηκε βαθύτερα στο όνειρο.

"Ποιος είσαι;" ρώτησε. "Τι συμβαίνει;"

"Το όνομά μου είναι Βάλερι Μέισον. Βρίσκομαι σε ένα νοσοκομείο στο Ρόλινγκ Φορκ. Ρόλινγκ Φορκ. Με τσίμπησε μια μέλισσα και είμαι πολύ αλλεργική στα τσιμπήματα των μελισσών. Λιποθύμησα πριν φτάσω στην τσάντα μου για να πάρω το φάρμακό μου. Ο φίλος μου κάλεσε ασθενοφόρο και με μετέφεραν στο νοσοκομείο".

"Αυτό είναι καλό, έτσι δεν είναι;" απάντησε ο Μάρκους.

"Όχι, δεν είναι. Ο γιατρός μου έκανε μια ένεση επινεφρίνης. Είμαι επίσης αλλεργικός σε αυτήν.

ΚΕΦΑΛΑΙΟ 1

Ο Μάρκους Ντρέηκ μπήκε στο σπίτι του και άρχισε να βγάζει τη γραβάτα και το σακάκι του. Ήταν κουρασμένος, αλλά ήταν κουρασμένος για καλό σκοπό. Είχε κάνει επισκέψεις στο νοσοκομείο πριν πάρει ρεπό το βράδυ για να παραστεί στον διπλό γάμο της Μάλι με τον Ντάνιελ και της Ντέινα Γουίλσον με τον Μπομπ Τζένκινς. Ήταν ωραίο να τους βλέπει όλους τόσο ευτυχισμένους μετά τη δοκιμασία που είχαν περάσει μόλις τέσσερις μήνες πριν.

Η Μάλι και ο Ντάνιελ, πρώην ασθενείς του, είχαν πέσει σε κώμα. Τότε ξαφνικά ξύπνησαν, δηλώνοντας ότι γνωρίστηκαν ενώ βρίσκονταν σε κώμα και ερωτεύτηκαν. Όλοι έμειναν έκπληκτοι. Το νοσοκομείο τους είχε κάνει πολλές εξετάσεις, προσπαθώντας να βρει απαντήσεις. Οι νοσοκόμες ήταν πεπεισμένες ότι ήταν η μαγεία του έρωτα. Ο Μάρκους σήκωσε τους ώμους. Δεν είχε καλύτερη απάντηση. Ίσως είχαν δίκιο.

Από τότε που βγήκαν από το νοσοκομείο, η μητέρα της Μάλι, η Ντάνα Ντάνα Γουίλσον, και η μητέρα του Ντάνιελ, η Mary Grey, είχαν ξεκινήσει μια εκστρατεία για να τον συμπεριλάβουν σε όσες περισσότερες οικογενειακές συναντήσεις μπορούσαν να τον πείσουν να συμμετέχει. Στην αρχή ήταν απρόθυμος, αλλά απολάμβανε να κάνει φιλίες με τις δύο οικογένειες και τους φίλους και γείτονές τους. Ήταν επίσης ένας καλός τρόπος για να παρακολουθεί τη Μάλι και τον Ντάνιελ. Ήθελε να βεβαιωθεί ότι συνέχιζαν να είναι καλά.

Ο Μάρκους αναστέναξε καθώς πήγε στην κρεβατοκάμαρά του και τελείωσε το γδύσιμο. Αποφάσισε ότι η χαλάρωση στο υδρομασάζ του ήταν ακριβώς αυτό που χρειαζόταν. Άνοιξε το νερό και άρχισε να γεμίζει την μπανιέρα. Ενώ γέμιζε, πήγε στην κουζίνα του για να πάρει ένα μπουκάλι νερό. Αφού πήρε το νερό του, επέστρεψε στο μεγάλο του μπάνιο. Το δωμάτιο ήταν εξοπλισμένο με ντους και διπλές τουαλέτες. Το ντους το χρησιμοποιούσε πιο συχνά όταν βιαζόταν να πάει στο νοσοκομείο. Γλίστρησε μέσα στο νερό και έγειρε πίσω με έναν αναστεναγμό ικανοποίησης.

Ήταν πολύ τυχερός που είχε ένα καταπίστευμα που είχαν δημιουργήσει οι παππούδες του από την πλευρά του πατέρα του. Το είχαν φτιάξει έτσι ώστε ο πατέρας του να μην μπορεί να μπει σε αυτό, ώστε να είναι άθικτο όταν το χρειάστηκε για να πληρώσει τη φοίτησή του στην Ιατρική Σχολή. Αυτό τον βοήθησε να αγοράσει το σπίτι του και να τακτοποιηθεί.

Η μαμά και ο μπαμπάς του δεν καταλάβαιναν γιατί ήθελε να ασκήσει την ιατρική στη μικρή πόλη του Ντέντον. Ήθελαν να ασκήσει το επάγγελμα σε μια μεγαλύτερη πόλη, όπου θα μπορούσαν να τον κρατούν σαν τρόπαιο για να τον επιδεικνύουν.

Ο Μάρκους έγειρε προς τα πίσω και έκλεισε τα μάτια του. Σκέφτηκε τη σκηνή στο σπίτι τους, την τελευταία φορά που το επισκέφθηκε. Είχαν περάσει δύο χρόνια από εκείνη την επίσκεψη. Δεν είχε επιστρέψει από τότε. Δεν ήθελε να επαναληφθεί αυτό το γεγονός.

Οι γονείς του τον αγνοούσαν όταν μεγάλωνε, αφήνοντάς τον με νταντά και δάσκαλο. Τον καλούσαν μόνο όταν ήθελαν να τον παρουσιάσουν στους φίλους τους.

Όταν πήγε στο κολέγιο και στην ιατρική σχολή, έζησε στην πανεπιστημιούπολη. Απέφευγε να πηγαίνει σπίτι. Μια φορά, όταν πήγε στο σπίτι του για μια επίσκεψη, έκαναν ένα πάρτι και δεν φάνηκε να τον προσέχουν ότι ήταν εκεί. Αφού επέστρεψε στο κολέγιο, έκανε άλλα σχέδια όταν υπήρχε προγραμματισμένο διάλειμμα. Είτε πήγαινε κάπου με φίλους είτε έμενε στο δωμάτιο του κοιτώνα και διάβαζε.

Τα πήγαινε πολύ καλά στο νοσοκομείο και του άρεσε να είναι επικεφαλής. Η ιατρική ήταν η ζωή του. Ήταν ευτυχής όταν μπορούσε να κάνει τη διαφορά στις ζωές που άγγιζε.

Ο Μάρκους σκέφτηκε τη Μάλι και τον Ντάνιελ. Ήταν ένας όμορφος γάμος. Πραγματοποιήθηκε στην πίσω αυλή της Ντέινα. Υπήρχαν παντού λουλούδια. Είχε φτιαχτεί ένας βωμός, αρκετά μεγάλος για δύο ζευγάρια. Η Μάλι και ο Ντάνιελ ήταν τόσο ερωτευμένοι, που ήταν χαρά να τους βλέπεις. Η Ντέινα και ο Μπομπ ήταν επίσης ερωτευμένοι, αλλά φαινόταν να είναι ένα πιο ήσυχο είδος αγάπης. Η Μάλι και η Ντάνα έδειχναν πολύ όμορφες καθώς η μητέρα και η κόρη περπατούσαν δίπλα-δίπλα στο διάδρομο μέχρι εκεί που περίμεναν οι γαμπροί τους.

Η Ντάνα μετακόμιζε στο σπίτι του Μπομπ μετά το γάμο. Η Μάλι και ο Ντάνιελ θα έμεναν στο σπίτι της Ντάνα και της Μάλι. Ο Ντάνιελ παραιτήθηκε από τη δουλειά του στο μεγάλο δικηγορικό γραφείο στο οποίο εργαζόταν πριν μπει στο νοσοκομείο. Αποφάσισε να δεχτεί την προσφορά του Μπομπ για δουλειά στο νέο δικηγορικό γραφείο του κτηματομεσιτικού γραφείου. Είχε μελετήσει το δίκαιο των ακινήτων. Είχαν μερικές λεπτομέρειες να διευθετήσουν, αλλά, ήταν όλοι ενθουσιασμένοι που όλα πήγαιναν τόσο καλά.

Ο Μάρκους βγήκε από το τζακούζι και τυλίχτηκε σε μια μεγάλη χνουδωτή πετσέτα πριν πάει στην κρεβατοκάμαρα για να ετοιμαστεί για ύπνο. Φορώντας ένα μποξεράκι, ανέβηκε στο κρεβάτι. Χρησιμοποίησε το τηλεχειριστήριο για να σβήσει τα φώτα και βολεύτηκε για να κοιμηθεί.

"Βοηθήστε με! Βοηθήστε με!"

Ο Μάρκους σηκώθηκε απότομα στο κρεβάτι, ξυπνώντας από τον ύπνο του από μια γυναικεία φωνή που καλούσε σε βοήθεια. Κοίταξε γύρω στο δωμάτιο, και μετά σηκώθηκε από το κρεβάτι, πήγε και κοίταξε έξω από το παράθυρο. Δεν υπήρχε τίποτα εκεί έξω. Πήγε στην κουζίνα και κοίταξε από τα παράθυρα εκεί μέσα.

"Λοιπόν", είπε ο Μάρκους. "Υποθέτω ότι πρέπει να ονειρευόμουν. Μου φάνηκε τόσο αληθινό".

Ο Μάρκους επέστρεψε στην κρεβατοκάμαρα και κοίταξε το ρολόι. Είχαν περάσει μόνο τρεις ώρες από τότε που ξάπλωσε. Ξαναγύρισε στο κρεβάτι και θέλησε να κοιμηθεί λίγο ακόμα. Το αύριο θα ερχόταν σύντομα.

Ο Μάρκους είχε βυθιστεί βαθιά στον ύπνο, όταν ακούστηκε ξανά η ίδια γυναικεία φωνή.

"Βοηθήστε με, κάποιος να με βοηθήσει", παρακάλεσε η γυναικεία φωνή.

Ο Μάρκους δεν ξύπνησε αυτή τη φορά. Βυθίστηκε βαθύτερα στο όνειρο.

"Ποιος είσαι;" ρώτησε. "Τι συμβαίνει;"

"Το όνομά μου είναι Βάλερι Μέισον. Βρίσκομαι σε ένα νοσοκομείο στο Ρόλινγκ Φορκ. Με τσίμπησε μια μέλισσα και είμαι πολύ αλλεργική στα τσιμπήματα των μελισσών. Λιποθύμησα πριν φτάσω στην τσάντα μου για να πάρω το φάρμακό μου. Ο φίλος μου κάλεσε ασθενοφόρο και με μετέφεραν στο νοσοκομείο".

"Αυτό είναι καλό, έτσι δεν είναι;" απάντησε ο Μάρκους.

"Όχι, δεν είναι. Ο γιατρός μου έκανε μια ένεση επινεφρίνης. Είμαι επίσης αλλεργικός σε αυτήν. Δεν μπορώ να τους πω ποιο είναι το πρόβλημα. Αν δεν ήμουν συνδεδεμένη με οξυγόνο, δεν θα ήμουν εδώ, τώρα". Η φωνή φαινόταν να γίνεται όλο και πιο ταραγμένη.

"Ηρέμησε", είπε ο Μάρκους. "Ξέρεις τι πρέπει να πάρεις;"

"Ναι, ο οικογενειακός μου γιατρός μου έδωσε χλωροφαινυραμίνη. Μου έδωσε επίσης Αλβουτερόλη για να με βοηθήσει με την αναπνοή", απάντησε.

"Ξέρετε το όνομα του γιατρού που σας παρακολουθεί στο νοσοκομείο;" ρώτησε ο Μάρκους.

"Ναι, είμαι ο Δρ Στηλ", απάντησε.

"Εντάξει, θα δω τι μπορώ να κάνω. Παρεμπιπτόντως, το όνομά μου είναι Μάρκους. Είμαι επίσης γιατρός. Θα δω αν μπορώ να σας βρω κάποια βοήθεια. Κρατήσου και προσπάθησε να χαλαρώσεις".

"Σ' ευχαριστώ, Μάρκους".

Με αυτό, ο Μάρκους ξύπνησε. Σηκώθηκε στο κρεβάτι και κοίταξε γύρω του. Μετά έπιασε το τηλέφωνό του. Πληκτρολογώντας "0" για κέντρο, ο Μάρκους περίμενε με ανυπομονησία.

"Γεια σας", είπε ο Μάρκος, όταν απάντησε το κέντρο. "Μπορείτε να με συνδέσετε με το νοσοκομείο στο Ρόλινγκ Φορκ;"

"Μια στιγμή, παρακαλώ", απάντησε ο τηλεφωνητής.

Το τηλέφωνο άρχισε να χτυπάει. Μετά από τρία χτυπήματα απαντήθηκε.

"Γεια σας, Νοσοκομείο Ρόλινγκ Φορκ. Πώς μπορώ να σας βοηθήσω;"

"Μπορείτε να μου πείτε αν έχετε μια ασθενή με το όνομα Βάλερι Μέισον;"

"Μια στιγμή, παρακαλώ. Ναι, έχουμε. Είναι στην εντατική".

"Κατάλαβα", είπε ο Μάρκος. "Θα μπορούσατε να με συνδέσετε με τον Δρ Στηλ; Πείτε του ότι σας καλεί ο Δρ Μάρκους Ντρέηκ".

"Ναι", απάντησε. "Περιμένετε, παρακαλώ."

Καθώς περίμενε στο τηλέφωνο, ο Μάρκους άκουγε τον Δρ Στηλ να τον καλούν και ανυπομονούσε να απαντήσει.

"Αυτός είναι ο Δρ Στηλ. Με καλέσατε".

"Ναι, γιατρέ. Έχετε μια κλήση από τον Δρ Μάρκους Ντρέηκ ".

"Συνδέστε με", απάντησε ο Δρ Στηλ.

Τα τηλέφωνα έκαναν κλικ και στη συνέχεια οι δύο γιατροί συνδέθηκαν.

"Τι μπορώ να κάνω για σας, Δρ Ντρέηκ ;" ρώτησε ο Δρ Στηλ.

"Αντιμετωπίζετε τη Βάλερι Μέησον για τσίμπημα μέλισσας", απάντησε ο Μάρκους.

"Ναι, είμαι", είπε ο Δρ Στηλ. "Δεν είναι καλά."

"Επειδή της δώσατε επινεφρίνη. Είναι αλλεργική και σε αυτήν", είπε ο Μάρκους. "Πρέπει να της δώσεις χλωροφαινυραμίνη με αλβουτερόλη για να βοηθήσεις την αναπνοή της. Αν κοιτάξετε στην τσάντα της, θα δείτε τη συνταγή από τον οικογενειακό της γιατρό".

"Σας ευχαριστώ που καλέσατε τον Δρ Ντρέηκ ". Ο Δρ Στηλ έκλεισε το τηλέφωνο και έτρεξε στο διάδρομο. Σταμάτησε στο ιατρείο της νοσοκόμας για αρκετή ώρα για να παραγγείλει το νέο φάρμακο και στη συνέχεια βιάστηκε να μπει στη ΜΕΘ.

Οι άνθρωποι στη ΜΕΘ ξαφνιάστηκαν από την επείγουσα φωνή του Δρ Στηλ όταν μπήκε στο δωμάτιο όπου η Βάλερι Μέησον ήταν ασθενής. Υπήρχε μια ηλικιωμένη κυρία που καθόταν δίπλα στο κρεβάτι και αγρυπνούσε.

Η νοσοκόμα ήρθε βιαστικά με το φάρμακο που είχε παραγγείλει ο Δρ Στηλ καθώς περνούσε από το γραφείο της νοσοκόμας. Ο Δρ Στηλ της έκανε νόημα να το προσθέσει στον ορό που έρεε στο χέρι της Βάλερι. Η νοσοκόμα ήρθε μπροστά και εισήγαγε τη βελόνα στον ορό, προσθέτοντας το φάρμακο στο μείγμα.

Ο Δρ Στηλ στράφηκε προς την κυρία που καθόταν δίπλα στο κρεβάτι. "Ξέρετε πού είναι η τσάντα της;" Ρώτησε.

"Ναι", απάντησε. "Είναι εκεί πέρα." Έδειξε τη μικρή ντουλάπα.

Ο Δρ Στηλ πήγε στην ντουλάπα και άνοιξε την πόρτα. Πήρε την τσάντα της Βάλερι από το ράφι και κοίταξε μέσα. Σίγουρα, μέσα υπήρχαν δύο μπουκάλια με συνταγές. Τα έβγαλε και τα κοίταξε. Κούνησε το κεφάλι του με έναν αναστεναγμό, έπειτα αντικατέστησε τα μπουκάλια στην τσάντα και την επέστρεψε στην ντουλάπα.

"Πώς είναι;" ρώτησε τη νοσοκόμα, καθώς επέστρεφε στο κρεβάτι. Έλεγξε τις οθόνες και έριξε μια προσεκτική ματιά στη Βάλερι.

"Φαίνεται να αναπνέει λίγο πιο εύκολα", απάντησε η νοσοκόμα.

"Ωραία", απάντησε ο Δρ Στηλ. "Παρακολουθήστε την και ενημερώστε με αν υπάρξει κάποια αλλαγή".

"Ναι, γιατρέ", απάντησε η νοσοκόμα.

Ο Δρ Στηλ γύρισε και έφυγε από το δωμάτιο.

ΚΕΦΆΛΑΙΟ 2

Ο Μάρκους ήταν πολύ νευρικός για να ξανακοιμηθεί. Πήγε στο ψυγείο και έβαλε ένα ποτήρι λεμονάδα. Κάθισε στο μπαρ, ανάμεσα στην κουζίνα και την τραπεζαρία, και πήρε αρκετές μικρές γουλιές από το ποτό του, σκεπτόμενος αυτό που μόλις είχε συμβεί.

"Πραγματικά συνδέθηκα με τη Βάλερι σε ένα όνειρο", είπε δυνατά. "Πώς είναι δυνατόν; Δεν μου έχει ξανασυμβεί ποτέ κάτι τέτοιο. Ξέρω ότι η Μάλι και ο Ντάνιελ γνωρίστηκαν και ερωτεύτηκαν ενώ βρίσκονταν σε κώμα, αλλά ποτέ δεν μου έχει συμβεί κάτι έστω και στο ελάχιστο παρόμοιο".

Ο Μάρκους τελείωσε το ποτό του. Πήγε το ποτήρι του στο νεροχύτη και το ξέπλυνε και μετά το έβαλε στο δοχείο για να στεγνώσει. Αποφάσισε να πάει στο σαλόνι και να δει αν υπήρχε κάτι στην τηλεόραση. Δεν υπήρχε περίπτωση να μπορέσει να ξανακοιμηθεί. Κάθισε στον βελούδινο, μαυρισμένο καναπέ και πήρε το τηλεχειριστήριο. Αφού περιηγήθηκε στα κανάλια και δεν βρήκε τίποτα που να τον ενδιαφέρει έστω και ελάχιστα, έκλεισε την τηλεόραση. Ξάπλωσε στον καναπέ και σκέφτηκε τι είχε συμβεί.

~

Οι νοσοκόμες στο νοσοκομείο του Ρόλινγκ Φορκ έμειναν έκπληκτοι που είδαν τη Βάλερι να βελτιώνεται τόσο γρήγορα. Είχε περάσει μόλις μια ώρα από τότε που ο γιατρός της διέταξε ένα νέο φάρμακο και ήδη καθόταν όρθια στο κρεβάτι.

Η Βάλερι φαινόταν πολύ καλύτερα. Οι νοσοκόμες έβρισκαν συνεχώς δικαιολογίες για να περάσουν από το δωμάτιό της και να την ελέγξουν. Δεν μπορούσαν να πιστέψουν ότι αυτή η νεαρή γυναίκα, που ήταν σχεδόν σε κώμα, μπορούσε να κάθεται και να χαμογελάει σε όλους.

"Είμαι καλά, θεία Έμιλι", χαμογέλασε η Βάλερι στην κυρία που καθόταν δίπλα στο κρεβάτι της. "Εκτιμώ που μένεις μαζί μου, αλλά πρέπει να πας σπίτι, να απολαύσεις ένα χαλαρωτικό γεύμα και μετά να ξεκουραστείς. Ο γιατρός θα με αφήσει πιθανότατα να πάω σπίτι μου αργότερα σήμερα ή το πρωί".

Η κυρία χαμογέλασε στη Βάλερι σε αντάλλαγμα. "Βλέπω ότι είστε πολύ καλύτερα. Με τρόμαξες εκεί για λίγο. Τηλεφώνησα στη μαμά σου στην Ιταλία και την ενημέρωσα για το πώς βελτιώνεσαι. Εκείνη και ο μπαμπάς σου περνούν υπέροχα στις διακοπές τους. Η Σίντι από τη γκαλερί τηλεφώνησε και είπε να σου δώσει τις καλύτερες ευχές της. Είπε ότι όλα είναι υπό έλεγχο στη γκαλερί και ότι δεν πρέπει να ανησυχείς για τίποτα. Αν είσαι σίγουρη ότι δεν χρειάζεσαι τίποτα, νομίζω ότι θα πάω να κάνω ένα ντους και να φάω κάτι", απάντησε η θεία Έμιλι.

"Είμαι μια χαρά. Ξέρω ότι η μαμά ανακουφίστηκε που ήσουν εδώ. Χαίρομαι που την καθησύχασες. Δεν θα ήθελα να διακόψουν τις διακοπές τους με τον μπαμπά. Είναι η πρώτη φορά εδώ και χρόνια που κατάφερε να πείσει τον μπαμπά να πάρει άδεια. Ο γάμος της ξαδέλφης Κάθι ήταν η τέλεια δικαιολογία. Η Ιταλία είναι πανέμορφη αυτή την εποχή του χρόνου", ολοκλήρωσε η Βάλερι αναστενάζοντας. Ξάπλωσε ανάσκελα και χάρισε στη θεία Έμιλι ένα μεγάλο χαμόγελο. "Πήγαινε εσύ τώρα και ξεκουράσου καλά".

Η θεία Έμιλι έσκυψε πάνω από το κρεβάτι και αγκάλιασε τη Βάλερι.

"Ξέρεις ότι είσαι πολύ ξεχωριστή για μένα", είπε.

"Ήσουν πάντα ξεχωριστή και για μένα". Η Βάλερι ανταπέδωσε την αγκαλιά. "Τώρα, πήγαινε να φροντίσεις τον εαυτό σου. Είμαι μια χαρά".

Η Βάλερι έκανε νόημα στη θεία της να φύγει. Ξάπλωσε και έκλεισε τα μάτια της μόλις εκείνη βγήκε από την πόρτα. Είχε κάνει καλή εντύπωση, αλλά εξακολουθούσε να είναι πολύ κουρασμένη. Σκεφτόταν τον Μάρκους και αναρωτιόταν αν θα τον συναντούσε ποτέ από κοντά.

~

Ο Μάρκους ετοιμαζόταν να πάει στο νοσοκομείο. Είχε να κάνει επισκέψεις και ένα πλήρες πρόγραμμα για την ημέρα. Θα υπήρχε επιπλέον δουλειά επειδή είχε πάρει τη μισή προηγούμενη μέρα ρεπό την προηγούμενη για να πάει στο γάμο. Κοίταξε το ρολόι του και αποφάσισε ότι είχε λίγα λεπτά για να ελέγξει τη Βάλερι.

Ο Μάρκους κοίταξε το τηλέφωνό του και κάλεσε τον αριθμό που είχε καλέσει μέσω του τηλεφωνητή το προηγούμενο βράδυ.

"Νοσοκομείο Ρόλινγκ Φορκ", είπε μια φωνή.

"Αυτός είναι ο Δρ Ντρέηκ . Μπορείτε να με συνδέσετε με τον Δρ. Στηλ;"

"Μια στιγμή".

"Αυτός είναι ο Δρ Στηλ".

"Αυτός είναι ο Μάρκους Ντρέηκ . Τηλεφωνώ για να ελέγξω τη Βάλερι Μέισον".

"Γεια σας, Δρ Ντρέηκ . Η δεσποινίς Μέισον είναι πολύ καλύτερα. Είναι σε εγρήγορση και κάθεται όρθια. Πιθανότατα θα πάει σπίτι της αύριο. Θέλω να σας ευχαριστήσω που με ενημερώσατε για το φάρμακο. Θα φροντίσω να της βάλω ένα βραχιόλι αλλεργίας πριν φύγει από το νοσοκομείο".

"Αυτή είναι μια καλή ιδέα. Δεν ξέρω γιατί δεν έχει ήδη ένα. Επιτρέψτε μου να σας δώσω το τηλέφωνό μου και μπορείτε να με καλέσετε αν έχει άλλα προβλήματα".

"Εντάξει, αν υπάρξουν προβλήματα, θα σας τηλεφωνήσω. Δεν περιμένω κανένα, αλλά ποτέ δεν ξέρεις".

"Σας ευχαριστώ, Δρ. Στηλ".

Ο Μάρκους έκλεισε το τηλέφωνο και, ρίχνοντας μια ματιά στο ρολόι του, βιάστηκε να ξεκινήσει τη μέρα του στο νοσοκομείο.

Εν τω μεταξύ, η Βάλερι ξεκουραζόταν με κλειστά μάτια και σκεφτόταν τον Μάρκους. Χασκογέλασε απαλά. Κανείς δεν θα πίστευε ποτέ ότι ο Μάρκους και εγώ γνωριστήκαμε σε ένα όνειρο, σκέφτηκε. Πιθανότατα θα ήταν έτοιμοι να με κλείσουν μέσα επειδή είχα αυταπάτες. Θα πρέπει να είναι το μικρό μου μυστικό. Ήταν απογοητευτικό να μην μπορεί να το πει σε κανέναν. Κατσούφιασε και αποκοιμήθηκε.

Η Βάλερι ξύπνησε όταν ήρθε η νοσοκόμα για να ελέγξει τα ζωτικά της σημεία.

"Λοιπόν, πώς τα πάω;" ρώτησε η Βάλερι.

"Τα πας πολύ καλά. Αν δεν ήξερα καλύτερα, δεν θα πίστευα ότι ήσουν καθόλου άρρωστη. Έχετε κάνει μια αξιοσημείωτη ανάρρωση." Η νοσοκόμα χαμογέλασε και έφυγε από το δωμάτιο.

"Το μόνο που χρειαζόταν ήταν το σωστό φάρμακο", σκέφτηκε η Βάλερι, "χάρη στον Μάρκους". Κανείς δεν της είχε πει ότι ο Μάρκους ήταν εκείνος που της είχε δώσει το φάρμακο που χρειαζόταν για να γίνει καλά, αλλά ήξερε ότι με κάποιον τρόπο είχε φτάσει στο νοσοκομείο και είχε φροντίσει να λάβει το φάρμακο.

Η Βάλερι έψαχνε να βρει κάτι για να απασχοληθεί όσο περίμενε να πάει στο σπίτι της. Δεν υπήρχε τίποτα άλλο εκτός από την τηλεόραση. Πήρε το τηλεχειριστήριο και την άνοιξε.

Η Βάλερι είχε συνηθίσει να εργάζεται κατά τη διάρκεια της ημέρας και η πρωινή τηλεόραση δεν την ενδιέφερε. Την έκλεισε. Το τηλέφωνο χτύπησε. Η Βάλερι έσκυψε και το σήκωσε.

"Γεια σας", είπε.

"Γεια σου, αγάπη μου. Τι κάνεις;" ρώτησε η μητέρα της.

"Γεια σου, μαμά. Είμαι μια χαρά. Δεν θα είχα κανένα απολύτως πρόβλημα αν μου είχαν δώσει το σωστό φάρμακο".

"Δεν φορούσες το βραχιολάκι για τις αλλεργίες σου;"

"Όχι, έσπασε η αλυσίδα και δεν είχα την ευκαιρία να τη φτιάξω. Μπορείς να στοιχηματίσεις ότι θα το φοράω από εδώ και πέρα". Η Βάλερι γέλασε. "Αρκετά με εμένα. Πώς τα πάτε εσύ και ο μπαμπάς στην

Ιταλία; Χαλαρώνει ο μπαμπάς; Πες του να μην ανησυχεί για τη γκαλερί. Όλα είναι μια χαρά. Θα γυρίσω σπίτι αύριο. Η Σίντι θα συνεχίσει τα πράγματα μέχρι να επιστρέψω. Ξέρεις ότι είναι πολύ καλή σε αυτό που κάνει". Η Βάλερι σταμάτησε για μια ανάσα για να αφήσει τη μαμά της να απαντήσει.

"Το ξέρω ότι είναι. Δεν ανησυχούμε. Προσπαθούσα να πείσω τον μπαμπά σου να μείνει περισσότερο. Φαίνεται πολύ καλύτερα, μόνο και μόνο που έλειπε από τη δουλειά του για λίγες μέρες. Νομίζω ότι θα του έκανε πολύ καλό να μείνει λίγο παραπάνω. Πώς τα πας με την Έμιλι; Ξέρω ότι δεν βλέπεις συχνά τη νονά σου. Ελπίζω να περνάτε καλά με την επίσκεψή σας".

"Τα πηγαίναμε μια χαρά μέχρι που με τσίμπησε εκείνη η μέλισσα. Φοβάμαι ότι έχει βαρεθεί πολύ να κάθεται στο κρεβάτι μου". απάντησε η Βάλερι.

"Δεν έχει βαρεθεί καθόλου. Μου είπε ότι χάρηκε που μπόρεσε να είναι εκεί για να μην είσαι μόνη σου. Σε συμπαθεί πολύ", είπε με αποφασιστικότητα η μαμά της Βάλερι.

"Το ξέρω μαμά. Κι εγώ τη συμπαθώ. Απλώς λυπάμαι που έπρεπε να περάσει την επίσκεψή της καθισμένη σε ένα δωμάτιο νοσοκομείου".

Λοιπόν, θα είσαι σπίτι αύριο, οπότε μπορείς να επανορθώσεις. Βγάλτε την έξω και περάστε καλά. Πρέπει να φύγω, με καλεί ο μπαμπάς σου. Ενημέρωσέ με όταν γυρίσεις σπίτι και φρόντισε να μείνεις μακριά από τις μέλισσες". Γέλασε, αλλά μιλούσε σοβαρά.

"Πιστέψτε με, θα το κάνω. Αντίο, μαμά. Σ' αγαπώ. Δώσε στον μπαμπά την αγάπη μου".

"Θα το κάνω. Κι εγώ σ' αγαπώ. Αντίο." Η μαμά της έκλεισε το τηλέφωνο και η Βάλερι έκλεισε και αυτή το δικό της.

Καθώς η Βάλερι έκλεινε το τηλέφωνο, ο ΔρΣτηλ μπήκε στο δωμάτιο.

"Γεια σας, δεσποινίς Μέισον. Πώς αισθάνεστε;" Ο γιατρός πήρε το διάγραμμα που βρισκόταν στα πόδια του κρεβατιού της και το μελέτησε. Έβαλε το διάγραμμα στη θέση του και γύρισε γύρω από το κρεβάτι. Έσκυψε και χρησιμοποιώντας το στηθοσκόπιό του, άκουσε την καρδιά της.

"Είμαι καλά, γιατρέ. Γίνομαι όλο και καλύτερα", απάντησε η Βάλερι.

"Ναι, το βλέπω αυτό. Έχω εδώ ένα βραχιόλι αλλεργίας για να το φορέσετε. Θα σας γλιτώσει από τη σύγχυση στο μέλλον", είπε ο Δρ Στηλ, δίνοντας στη Βάλερι το βραχιόλι.

Η Βάλερι κοκκίνισε καθώς πήρε το βραχιόλι. "Έχω ένα βραχιόλι. Η αλυσίδα του έσπασε. Δεν είχα χρόνο να το φτιάξω".

"Τώρα, έχεις δύο. Αφού φτιάξεις το άλλο, θα έχεις ένα εφεδρικό για εφεδρεία. Μην σε πιάσουν ποτέ χωρίς αυτό. Μπορεί να σου σώσει τη ζωή". Ο Δρ Στηλ ήταν πολύ σοβαρός καθώς μιλούσε στη Βάλερι. "Νομίζω ότι θα μπορέσετε να πάτε σπίτι σας αύριο, αν συνεχίσετε να βελτιώνεστε. Θα σας ενημερώσω το πρωί. Προσπαθήστε να ξεκουραστείτε". Ο γιατρός άρχισε να φεύγει.

"ΔρΣτηλ", φώναξε η Βάλερι. Όταν εκείνος γύρισε πίσω και την κοίταξε κατάματα, η Βάλερι ρώτησε: "Σας τηλεφώνησε ο Μάρκους και σας είπε για το φάρμακό μου;".

"Ναι, το έκανε", απάντησε ο Δρ Στηλ. Στη συνέχεια γύρισε και έφυγε από το δωμάτιο.

Η Βάλερι αγκαλιάστηκε. "Το ήξερα", σκέφτηκε. Χαμογελώντας χαρούμενα, αγκαλιάστηκε και ετοιμάστηκε να ξεκουραστεί.

ΚΕΦΑΛΑΙΟ 3

Ο Μάρκους έφτασε στο σπίτι από το νοσοκομείο. Δεν μπορούσε να θυμηθεί πότε είχε ανυπομονούσε τόσο πολύ να τελειώσει μια μέρα. Θα έφτιαχνε κάτι να φάει, αλλά δεν μπορούσε να περιμένει άλλη στιγμή. Πήρε το τηλέφωνό του και κάλεσε το νοσοκομείο του Ρόλινγκ Φορκ.

"Νοσοκομείο Ρόλινγκ Φορκ. Πώς μπορώ να σας βοηθήσω;"

"Μπορείτε να με συνδέσετε με το δωμάτιο της Βάλερι Μέισον, παρακαλώ;" Ο Μάρκους περίμενε με ανυπομονησία.

"Γεια σας", είπε η γυναικεία φωνή που είχε ακούσει μόνο στο όνειρό του.

"Γεια σου, Βάλερι. Αυτός είναι ο Μάρκους. Τι κάνεις;"

"Γεια σου, Μάρκους", απάντησε η Βάλερι με έναν χαρούμενο αναστεναγμό. Αναγνώρισε αμέσως τη φωνή. "Είμαι πολύ καλά. Χάρη σε σένα. Δεν ξέρω τι θα είχε συμβεί αν δεν με είχες ακούσει".

"Χαίρομαι που είσαι καλά. Έχεις ξανασυνδεθεί με κάποιον σε ένα τέτοιο όνειρο;" ρώτησε.

"Όχι, δεν το έχω κάνει. Δεν ξέρω πώς συνέβη.

Ήμουν τόσο απελπισμένη. Απλώθηκα και ήσουν εκεί. Χάρηκα τόσο πολύ που άκουσα τη φωνή σου". Η Βάλερι αναστέναξε βαθιά.

"Το ξέρω. Στην αρχή νόμιζα ότι άκουγα κάτι έξω", είπε ο Μάρκους. "Σηκώθηκα και κοίταξα έξω από όλα τα παράθυρα. Όταν δεν είδα τίποτα, ξανακοιμήθηκα και ήσουν πάλι εκεί. Έτσι, σηκώθηκα και τηλεφώνησα στο νοσοκομείο Ρόλινγκ Φορκ. Έμεινα έκπληκτος όταν μου είπαν ότι ήσουν ασθενής. Μίλησα με τον γιατρό σου και του είπα αυτά που μου είχες πει. Χαίρομαι που με πίστεψε και δεν έκανε ένα σωρό ερωτήσεις".

Η Βάλερι γέλασε απαλά. "Κι εγώ χαίρομαι".

"Μένεις στο Ρόλινγκ Φορκ;" ρώτησε ο Μάρκους.

"Ναι, μένω στο σπίτι των γονιών μου και διευθύνω την οικογενειακή γκαλερί τέχνης, ενώ η μαμά και ο μπαμπάς μου κάνουν διακοπές στην Ιταλία. Θα παρευρεθούν στο γάμο της ξαδέλφης μου ενώ βρίσκονται εκεί. Η μαμά προσπαθεί να πείσει τον μπαμπά να μείνει περισσότερο. Δεν παίρνει σχεδόν ποτέ άδεια για διακοπές. Το ότι με τσίμπησε μέλισσα δεν βοήθησε καθόλου τα πράγματα".

"Βελτιώνεσαι. Ίσως μείνει περισσότερο", είπε ο Μάρκους.

"Ίσως", είπε η Βάλερι.

"Δεν σε πειράζει να σου τηλεφωνήσω;" ρώτησε ο Μάρκους.

"Ναι, φυσικά. Χαίρομαι που τηλεφώνησες. Είχα αρχίσει να πιστεύω ότι τα είχα φανταστεί όλα, μέχρι που ρώτησα τον γιατρό. Μου είπε ότι τον καλέσατε".

"Θα ήταν εντάξει αν σας επισκεπτόμουν την επόμενη μέρα του ρεπό μου; Δεν ξέρω πότε θα γίνει αυτό, θα πρέπει να σας ενημερώσω". Ο Μάρκους περίμενε με αγωνία την απάντησή της.

"Ναι, θα ήθελα πολύ να σε δω. Απλά πες μου πότε. Επιτρέψτε μου να σας δώσω το τηλέφωνό μου και τον αριθμό της γκαλερί Mason". Η Βάλερι περίμενε ενώ ο Μάρκους έγραφε τον αριθμό της και τον αριθμό και τη διεύθυνση της γκαλερί. "Σ' ευχαριστώ που με βοήθησες, Μάρκους. Θα ανυπομονώ να σε δω".

"Παρακαλώ πολύ. Κι εγώ ανυπομονώ να σας δω. Αντίο." Ο Μάρκους περίμενε το αντίο της πριν κλείσει το τηλέφωνό του.

Ο Μάρκους είχε ένα μεγάλο χαμόγελο στο πρόσωπό του καθώς πήγαινε στην κουζίνα για να ετοιμάσει κάτι να φάει.

Αφού έφαγε, ο Μάρκους αποφάσισε να δει αν μπορούσε να βρει κάτι για την Mason Gallery στο διαδίκτυο. Ξεκίνησε τον υπολογιστή του και άνοιξε μια αναζήτηση. Πληκτρολόγησε το Mason Art Gallery και πάτησε 'find'. Υπήρχαν αρκετές καταχωρίσεις για την γκαλερί Mason Art Gallery. Ο Μάρκους έκανε κλικ σε μία από αυτές για να την ανοίξει. Έδειχνε δύο φωτογραφίες. Η μία ήταν μια εικόνα της πρόσοψης του κτιρίου. Υπήρχε μια μεγάλη πινακίδα που έγραφε "Mason's Art Gallery". Ο Μάρκους έκανε κλικ στην άλλη εικόνα. Έδειχνε το μπροστινό δωμάτιο της γκαλερί. Στην εικόνα υπήρχαν τρία άτομα. Υπήρχαν δύο ηλικιωμένοι άνθρωποι στη φωτογραφία. Φαντάστηκε ότι πρέπει να ήταν οι γονείς της Βάλερι. Ο Μάρκους επικεντρώθηκε στη νεαρή γυναίκα στη φωτογραφία. Πήρε μια βαθιά ανάσα. Ήταν απολύτως το πιο όμορφο άτομο που είχε δει ποτέ. Με δυσκολία μπορούσε να πάρει τα μάτια του από πάνω της. Είχε ένα πανέμορφο χαμόγελο.

Αφού κοίταξε τη φωτογραφία της Βάλερι για μερικά λεπτά ακόμη, ο Μάρκους έκλεισε απρόθυμα το άρθρο και έκλεισε τον υπολογιστή. Αφήνοντάς τον στο τραπέζι, πήγε στην κρεβατοκάμαρά του. Ίσως το υδρομασάζ να τον βοηθούσε να χαλαρώσει. Ο Μάρκους γέμισε την μπανιέρα και, αφού γδύθηκε, μπήκε μέσα. Κάθισε αναπαυτικά και προσπάθησε να χαλαρώσει, αλλά το μόνο που σκεφτόταν ήταν η Βάλερι. Θα περνούσαν πολλές μέρες μέχρι να βρει κάποιον να τον αντικαταστήσει για μερικές μέρες. Η διαδρομή μέχρι το Ρόλινγκ Φορκ ήταν μεγάλη. Υπολόγισε ότι θα χρειαζόταν περίπου τρεις ώρες για να φτάσει εκεί. Αν ήθελε να περάσει λίγο χρόνο με τη Βάλερι, θα χρειαζόταν τουλάχιστον δύο ημέρες. Θα μπορούσε να διανυκτερεύσει σε μοτέλ και να επιστρέψει την επόμενη μέρα.

Ο Μάρκους βγήκε από την μπανιέρα και σκουπίστηκε με μια από τις μεγάλες αφράτες πετσέτες. Το μυαλό του δεν σταματούσε για αρκετή ώρα ώστε να μπορέσει να χαλαρώσει. Ήταν πολύ τσιτωμένος, σκεπτόμενος τη Βάλερι. Ανέβηκε στο κρεβάτι του και τεντώθηκε. Πήρε το τηλεχειριστήριο της τηλεόρασης και την άνοιξε. Οι ειδήσεις έπαιζαν. Ο Μάρκους ξαφνιάστηκε όταν είδε στην οθόνη μια φωτογραφία του πατέρα του. Είχε το χέρι του γύρω από τη βοηθό του. Ο Μάρκους δεν μπορούσε να θυμηθεί πώς την έλεγαν. Έβαλε τον ήχο πιο δυνατά για να μπορεί να ακούσει τι έλεγαν.

"Ο Άλμπερτ Ντρέηκ μόλις επιβεβαίωσε ότι οι φήμες για το διαζύγιό του είναι αληθινές. Αυτός και η επί τριάντα εννέα χρόνια σύζυγός του έχουν τραβήξει χωριστούς δρόμους, σύμφωνα με τον κ. Ντρέηκ. Ο ίδιος δήλωσε ότι το διαζύγιο ήταν φιλικό και το ζευγάρι συμφώνησε να μοιραστούν την περιουσία τους και να παραμείνουν φίλοι. Δεν μπορέσαμε να επικοινωνήσουμε με την κ. Ντρέηκ για να σχολιάσει το διαζύγιο. Αυτό είναι το δελτίο ειδήσεων του καναλιού επτά. Καληνύχτα." Το δελτίο ειδήσεων είχε τελειώσει και άρχισαν οι αθλητικές ειδήσεις. Ο Μάρκους έκλεισε την τηλεόραση. Δεν ήξερε πώς αισθανόταν γι' αυτή την είδηση. Δεν τον άγγιξε σχεδόν καθόλου. Αυτός και οι γονείς του είχαν πάρει χωριστούς δρόμους εδώ και αρκετό καιρό.

Ο Μάρκους γύρισε και έσβησε τα φώτα. Ξαπλώθηκε στο κρεβάτι και προσπάθησε να κοιμηθεί. Σκέφτηκε τη Βάλερι καθώς έκλεινε τα μάτια του. Αποκοιμήθηκε με ένα χαμόγελο στο πρόσωπό του.

Την επόμενη μέρα στο νοσοκομείο, ο Μάρκους μίλησε σε μερικούς γιατρούς για να τον καλύψουν ώστε να πάρει άδεια. Είχε αντικαταστήσει και τους δύο σε διάφορες περιπτώσεις. Ο Δρ Κάρτερ δεν μπορούσε να το κάνει, καθώς κάλυπτε ήδη έναν άλλο γιατρό που είχε ένα οικογενειακό επείγον περιστατικό. Ο Δρ Πέην συμφώνησε να τον καλύψει την Πέμπτη και την Παρασκευή. Ο Μάρκους τον ευχαρίστησε και συνέχισε να σχεδιάζει το ταξίδι του.

Όταν ο Μάρκους έφτασε στο σπίτι από το νοσοκομείο, ανυπομονούσε να μπει μέσα για να τηλεφωνήσει στη Βάλερι. Ήταν τόσο ενθουσιασμένος, που χαμογελούσε απ' άκρη σ' άκρη.

"Γεια σας", είπε η Βάλερι.

"Γεια σας", είπε ο Μάρκος. "Έφτασες σπίτι;"

Η Βάλερι χαμογέλασε. "Ναι, το έχω κάνει."

"Είσαι έτοιμη για λίγη παρέα;"

"Ναι, είμαι, αν η παρέα είσαι εσύ", είπε η Βάλερι χαρούμενη.

"Κατάφερα να πάρω ρεπό την Πέμπτη και την Παρασκευή. Σκέφτηκα ότι θα μπορούσα να πάρω ένα δωμάτιο σε μοτέλ και να μείνω εκεί, ώστε να έχουμε περισσότερο χρόνο μαζί. Σε πειράζει αυτό;"

"Θα ήθελα πολύ να μείνεις εδώ. Όσο περισσότερο

μπορείς να μείνεις τόσο καλύτερα θα μου αρέσει. Ανυπομονώ να σε δω. Ξέρεις τι ώρα περίπου μπορώ να σε περιμένω;"

"Θα μου πάρει περίπου τρεις ώρες για να φτάσω εκεί από το Denton. Θα φύγω νωρίς και θα είμαι εκεί μέχρι τις εννέα. Ανυπομονώ να σε δω κι εσένα".

"Μπορούμε να συναντηθούμε στην γκαλερί; Πρέπει να κάνω check-in πριν φύγω για σήμερα".

"Δεν πειράζει. Δεν με νοιάζει πού θα συναντηθούμε, αρκεί να σε δω. Κοίταξα τη γκαλερί στον υπολογιστή μου. Είχε μια φωτογραφία σου και των γονιών σου εκεί". Ο Μάρκους δίστασε να κλείσει το τηλέφωνο. Ήθελε να κρατηθεί όσο περισσότερο μπορούσε.

"Ω", αναφώνησε η Βάλερι. "Ο μπαμπάς μου το πήρε για διαφήμιση. Είναι πολλών ετών. Έχουμε αλλάξει όλοι από τότε".

Ο Μάρκους γέλασε. "Μην ανησυχείς. Θα κρατήσω την κρίση μου μέχρι να φτάσω εκεί. Δεν μπορώ να περιμένω".

"Ούτε εγώ μπορώ, τα λέμε την Πέμπτη".

"Τα λέμε την Πέμπτη". Ο Μάρκους έκλεισε το τηλέφωνο.

～

Η Βάλερι χαμογελούσε πολύ καθώς έκλεινε το τηλέφωνο. Σκέφτηκε τη φωτογραφία που είχε δει ο Μάρκους στη διαφήμιση για την γκαλερί τέχνης. Ήταν αρκετά χρόνια παλιά. Ήλπιζε ότι ο Μάρκους δεν θα απογοητευόταν όταν τη γνώριζε.

Πριν προλάβει να κάνει οτιδήποτε άλλο, χτύπησε το κουδούνι της εξώπορτας. Η Βάλερι έσπευσε να ανοίξει.

"Γεια σου, θεία Έμιλι. Πάω να φρεσκαριστώ και θα είμαι έτοιμη να φύγω".

"Είσαι σίγουρη ότι αισθάνεσαι έτοιμη να βγεις έξω; Εξάλλου μόλις βγήκες από το νοσοκομείο. Δεν θα με πείραζε να μείνω εδώ και να παραγγείλω κάτι", ρώτησε η θεία Έμιλι.

"Αισθάνομαι καλά. Ήταν απλά ένα τσίμπημα μέλισσας. Αν μου είχαν δώσει το σωστό φάρμακο δεν θα χρειαζόταν να μείνω στο νοσοκομείο. Θα είχα φύγει από εκεί μέσα σε μια ώρα. Αν θέλεις, μπορούμε να κάνουμε μια σύντομη βραδιά και να επιστρέψουμε εδώ μετά το φαγητό". Η Βάλερι καθησύχασε τη θεία της με ένα χαμόγελο.

"Εντάξει, πήγαινε να φρεσκαριστείς και μετά μπορούμε να φύγουμε. Μπορούμε να αφήσουμε τον σοφέρ μου να μας πάει στο εστιατόριο". Η θεία Έμιλι εγκαταστάθηκε στον καναπέ για να περιμένει τη Βάλερι.

"Δεν θα αργήσω", συμφώνησε η Βάλερι βγαίνοντας βιαστικά από το δωμάτιο.

"Αυτό είναι ένα υπέροχο μέρος", είπε η θεία Έμιλι καθώς κοιτούσε γύρω της τη διακριτική κομψότητα του εστιατορίου. "Χαίρομαι που αποφασίσαμε να έρθουμε εδώ".

Είχαν πολλά καλά εστιατόρια στο Ρόλινγκ Φορκ, αλλά στη Βάλερι πάντα άρεσε αυτό. Είχε καλό φαγητό και, μαζί με την καλή εξυπηρέτηση, ήταν ένα φιλικό, χαλαρό μέρος.

"Ναι, κι εγώ χαίρομαι. Πάντα μου αρέσει να έρχομαι εδώ. Όταν μπορούμε να τραβήξουμε τον μπαμπά μακριά από τη γκαλερί, η μαμά και εγώ προσπαθούμε να μας φέρνουμε όλους μαζί εδώ τουλάχιστον μία φορά το μήνα".

"Αυτό είναι καλό. Πρέπει να χαλαρώσετε όλοι

μαζί. Το να δουλεύετε μαζί δεν είναι αρκετό. Ο καθένας πρέπει να αφήνει τα μαλλιά του κάτω και να είναι ο εαυτός του μια στο τόσο. Αυτό κρατάει τα πράγματα σε ισορροπία". Η θεία Έμιλι έκανε μια παύση για να ελέγξει το φαγητό της. "Χμ, αυτό είναι τόσο καλό", είπε. Έκλεισε τα μάτια της και απολάμβανε τη γεύση. "Δεν ξέρω πότε ήταν η τελευταία φορά που απόλαυσα τόσο πολύ το φαγητό", εκμυστηρεύτηκε.

"Το ξέρω", συμφώνησε η Βάλερι.. "Μπορώ να πάρω βάρος και μόνο που μυρίζω όλα αυτά τα υπέροχα αρώματα εδώ μέσα. Δεν είναι υπέροχο;"

"Ναι", συμφώνησε η θεία Emily. "Θα επιστρέψεις αύριο στη δουλειά σου;"

"Ναι, είμαι. Μην ανησυχείτε. Θα το πάρω χαλαρά και θα είναι μια σύντομη μέρα. Πρέπει να ελέγξω τη γκαλερί και να κανονίσω να έχω ρεπό την Πέμπτη και την Παρασκευή. Θα έρθει να με δει ένας φίλος μου και θέλω να περάσω λίγο χρόνο μαζί του". Η Βάλερι κοίταξε μακριά ντροπαλά.

"Φαίνεται ότι αυτό το άτομο είναι σημαντικό για σένα", είπε η θεία Έμιλι.

"Θα μπορούσε να είναι. Ναι, θα μπορούσε να είναι", κατέληξε η Βάλερι με χαμόγελο.

Η θεία Έμιλι κατάλαβε ότι η Βάλερι δεν ήθελε να συζητήσει για τη φίλη της και άλλαξε θέμα.

"Έχεις μιλήσει με τη Μέλανι από τότε που ήσουν στο νοσοκομείο;"

"Ναι, μίλησα με τη μαμά λίγο πριν πάρω εξιτήριο. Προσπαθεί να πείσει τον μπαμπά να μείνει λίγο ακόμα. Θέλει να απολαύσει την Ιταλία χωρίς να ανησυχεί για τα σχέδια του γάμου. Πιστεύει ότι θα ήταν καλό και για τον μπαμπά".

Η θεία Emily αναστέναξε. "Μπορώ να καταλάβω

ότι θέλει να μείνει περισσότερο. Η Ιταλία είναι μια πανέμορφη χώρα. Απλώς ανυπομονώ να τη δω".

"Ανυπομονεί να σας δει κι εκείνη. Δεν θα αργήσει. Δεν βλέπω τον μπαμπά να χαλαρώνει για πολύ καιρό. Έχει πάρα πολλή ενέργεια για να μείνει άπραγος για πολύ καιρό. Του αρέσει να συμμετέχει στην γκαλερί". Η Βάλερι την καθησύχασε.

Η Βάλερι περίμενε να έρθει η θεία Έμιλι όταν επέστρεψαν στο σπίτι. Η θεία Έμιλι επέμενε ότι η Βάλερι έπρεπε να ξεκουραστεί. Δεν ήθελε να το παρακάνει την πρώτη μέρα που βγήκε από το νοσοκομείο. Η Βάλερι συμφώνησε απρόθυμα και είπε καληνύχτα.

Η Βάλερι δεν ήταν καθόλου νυσταγμένη. Μπήκε μέσα και πήγε στην κρεβατοκάμαρά της. Αφού γδύθηκε, κατευθύνθηκε στο μπάνιο του δωματίου της για να κάνει ένα ντους. Ήταν τόσο ενθουσιασμένη που θα έβλεπε τον Μάρκους. Ανυπομονούσε για την Πέμπτη. Θα ήταν μια μεγάλη εβδομάδα και αύριο ήταν μόλις Δευτέρα.

"Πώς θα τα καταφέρω μέχρι την Πέμπτη;" αναρωτήθηκε.

Η Βάλερι σκουπίστηκε με μια μεγάλη, αφράτη πετσέτα μπάνιου. Φορώντας ένα μεγάλο μπλουζάκι για να κοιμηθεί, σκαρφάλωσε στο κρεβάτι και ετοιμάστηκε να ονειρευτεί τον Μάρκους.

ΚΕΦΑΛΑΙΟ 4

Ο Μάρκους αγωνίστηκε τις επόμενες ημέρες. Δυσκολευόταν να συγκεντρωθεί στους ασθενείς, όταν το μόνο που ήθελε να σκέφτεται ήταν η Βάλερι. Προσπαθούσε να την απωθήσει στο πίσω μέρος του μυαλού του, αλλά εκείνη έβγαινε πάλι απροσδόκητα. Ο Μάρκους κούνησε το κεφάλι του και σκεφτόταν αποφασιστικά την ασθενή του και την ανάγνωση του διαγράμματος που κρατούσε στα χέρια του. Ήταν ένα διάγραμμα που δεν θυμόταν καν να έχει πάρει στα χέρια του.

"Πρέπει να συνέλθω", κοίταξε το διάγραμμα και μετά τον ασθενή. "Πώς είστε σήμερα, κυρία Τσέιμπερς;"

Η κυρία Τσέιμπερς τον κοίταξε επίμονα. "Είμαι έτοιμη να πάω σπίτι, νεαρέ μου. Μπορώ να παίρνω τα φάρμακά μου στο σπίτι εξίσου καλά όσο και εδώ, και δεν θα έχω κάποιον να έρχεται συνέχεια για να με τρυπάει και να με σπρώχνει".

Ο Μάρκους γέλασε. Του άρεσε η ηλικιωμένη κυρία και η ειλικρίνειά της. "Είμαι σίγουρος ότι μπορείτε, κυρία Τσέιμπερς. Θα υπογράψω τα χαρτιά της αποφυλάκισής σας για το πρωί. Αν έχετε κάποια έξαρση, επικοινωνήστε με το νοσοκομείο. Διαφορετικά, νομίζω ότι θα είστε μια χαρά".

Η κυρία Τσέιμπερς του χαμογέλασε. "Σας ευχαριστώ, Δρ Ντρέηκ . Εκτιμώ όλη τη φροντίδα που έχω λάβει εδώ. Θέλω απλώς να πάω σπίτι μου".

"Το ξέρω. Δεν σε κατηγορώ. Φροντίζεις τον εαυτό σου. Δεν θέλω να συμβεί τίποτα σε έναν από τους αγαπημένους μου ασθενείς". Ο Μάρκους χαμογέλασε και έφυγε από το δωμάτιο.

Ο Μάρκους σταμάτησε στο γραφείο των νοσοκόμων με το διάγραμμα της κας Τσέιμπερς. "Παίρνω εξιτήριο από την κυρία Τσέιμπερς το πρωί. Ελέγξτε και βεβαιωθείτε ότι έχει μεταφορικό μέσο για το σπίτι της και κάποιον να μείνει μαζί της για μια ή δύο μέρες. Ετοίμασε της μια τσάντα με καλούδια για να πάρει μαζί της στο σπίτι, μερικά πράγματα για να της φτιάξει το κέφι. Θα πληρώσω εγώ για το περιεχόμενο".

"Ναι, γιατρέ", απάντησε η νοσοκόμα. Κούνησε το κεφάλι της. Ο δρ Ντρέηκ είχε σίγουρα χαλαρώσει από τότε που οι οικογένειες της Μάλι και του Ντάνιελ έγιναν φίλοι μαζί του. Δεν έμοιαζε σχεδόν καθόλου με τον ίδιο άνθρωπο. Η νοσοκόμα άρχισε να εκτελεί τις εντολές του.

Ο Μάρκους πήγε στο γραφείο του. Δόξα τω Θεώ, αυτή η μέρα είχε σχεδόν τελειώσει. Αφού τελείωνε με κάποια γραφειοκρατία, θα ήταν έτοιμος να πάει σπίτι του. Μόλις έπιασε κάποια χαρτιά όταν χτύπησε το τηλέφωνο.

"Γεια σας", απάντησε.

"Γεια σου, Μάρκους. Αυτή είναι η Μαίρη Γκρέι. Κάνουμε μπάρμπεκιου αυτό το Σαββατοκύριακο και θα θέλαμε πολύ να έρθεις".

"Λυπάμαι, Μαίρη. Θα το ήθελα, αλλά θα λείψω από την πόλη αυτό το Σαββατοκύριακο".

"Ω, καλά, αν επιστρέψετε εγκαίρως, είστε ευπρόσδεκτοι να περάσετε. Θα το έχουμε όλη την Παρασκευή και το Σάββατο. Είστε ευπρόσδεκτοι όποτε θέλετε", δήλωσε.

"Ευχαριστώ, Μαίρη. Ίσως την επόμενη φορά. Θα τα πούμε σύντομα."

Ο Μάρκους έκλεισε το τηλέφωνο και άρχισε να ασχολείται με τα χαρτιά του. Ανυπομονούσε να γυρίσει σπίτι για να μιλήσει στη Βάλερι.

~

Η Βάλερι είχε τα δικά της προβλήματα συγκέντρωσης. Η τέχνη δεν μπορούσε να ανταγωνιστεί τις σκέψεις του Μάρκους. Αναστέναξε και κοίταξε γύρω της. Όλα έδειχναν τακτοποιημένα και τακτοποιημένα. Δεν υπήρχαν πελάτες. Η Σίντι μπήκε από το πίσω δωμάτιο. Είχε μερικά ειδώλια για να τα σκορπίσει στο μαγαζί. Νόμιζε ότι προσέθεταν στη διακόσμηση και είχε δίκιο. Η Βάλερι τα μελέτησε και πώς ταίριαζαν και έκαναν τα πάντα να φαίνονται καλύτερα.

"Είσαι ακόμα εδώ;" ρώτησε η Σίντι. "Είμαστε έτοιμοι να κλείσουμε για σήμερα. Μπορώ να κλείσω. Πήγαινε σπίτι σου και χαλάρωσε. Μόλις βγήκες από το νοσοκομείο. Μην πιέζεις τον εαυτό σου".

"Ναι, μαμά", είπε η Βάλερι χαμογελώντας.

Η Σίντι της χαμογέλασε. "Σε περιμένω πίσω εδώ αύριο πρωί-πρωί", είπε κοροϊδευτικά αυστηρά.

"Μάλιστα, κυρία μου", είπε η Βάλερι με έναν χαιρετισμό. "Θα είμαι εδώ."

Η Βάλερι χαιρέτησε και βγήκε από την πόρτα. Η Σίντι την είδε να φεύγει και κούνησε το κεφάλι της.

"Αυτό το κορίτσι δεν ξέρει πότε να σταματήσει", είπε.

Η Σίντι ασχολήθηκε με το να κλείσει και να κλειδώσει το μαγαζί για τη νύχτα. Βγήκε έξω και κατευθύνθηκε προς το σπίτι της.

~

Ο Μάρκους είχε φτάσει στο σπίτι και αποφάσισε να κάνει ένα ντους πριν τηλεφωνήσει στη Βάλερι. Ήθελε να της δώσει χρόνο να γυρίσει από την γκαλερί. Αφού έκανε το ντους του, ντύθηκε με κάποια καθημερινά ρούχα και πήγε στην κουζίνα για να δει τι θα μπορούσε να φτιάξει ένα σάντουιτς. Ψάχνοντας στο ψυγείο, βρήκε λίγες επιλογές. Δεν υπήρχε τίποτα εκεί, έστω και το λιγότερο ορεκτικό.

"Ωραία", είπε. "Δεν θέλω να βγω έξω. Θα παραγγείλω απλώς μια πίτσα". Ο Μάρκους πήγε στο τηλέφωνο του σπιτιού και κοίταξε τη λίστα με τις πιτσαρίες. Διάλεξε μία και κάλεσε να παραγγείλει μια μεγάλη πίτσα. Πηγαίνοντας στον καναπέ, ο Μάρκους κάθισε αναπαυτικά και κάλεσε τον αριθμό της Βάλερι.

"Γεια σας", είπε η Βάλερι.

"Γεια σας", είπε ο Μάρκος.

"Μάρκους!" αναφώνησε η Βάλερι. "Έχεις τέλειο συγχρονισμό. Μόλις πριν από λίγα λεπτά γύρισα σπίτι. Ήλπιζα ότι θα μου τηλεφωνούσες".

"Περίμενα όλη μέρα να σου μιλήσω", είπε ο Μάρκους. "Με δυσκολία μπορώ να συγκεντρωθώ στους ασθενείς επειδή σε σκέφτομαι. Η Πέμπτη δεν μπορεί να έρθει αρκετά σύντομα για μένα".

"Ω, Μάρκους, αισθάνομαι το ίδιο. Δεν ξέρω πώς

μπορούμε να είμαστε τόσο κοντά όταν δεν έχουμε συναντηθεί ποτέ, αλλά νιώθω σαν να σε ξέρω από πάντα".

"Αισθάνομαι το ίδιο. Υποθέτεις ότι ήμασταν μαζί σε μια προηγούμενη ζωή και ξαναβρισκόμαστε;" ρώτησε.

"Δεν θα με εξέπληττε καθόλου", είπε η Βάλερι. "Δεν έχω ξανανιώσει ποτέ έτσι σε αυτή τη ζωή. Θα πρέπει να ήταν σε μια προηγούμενη ζωή. Ίσως γι' αυτό συνδεθήκαμε στα όνειρά μας. Ίσως είμαστε αδελφές ψυχές".

"Ναι", είπε ο Μάρκος. "Αυτή είναι μια σαφής πιθανότητα. Θα εξηγούσε πολλά πράγματα. Ίσως γι' αυτό συνδεθήκαμε τόσο έντονα. Ανυπομονώ να συνδεθώ μαζί σου σε αυτή τη ζωή".

"Ναι, κι εγώ", είπε η Βάλερι.

Το κουδούνι χτύπησε. "Περιμένετε ένα λεπτό. Ήρθε η πίτσα μου".

Ο Μάρκους πήγε στην πόρτα, πλήρωσε το φαγητό του και έδωσε στο αγόρι φιλοδώρημα. Γύρισε βιαστικά στο τηλέφωνο.

"Αποφάσισα να παραγγείλω μια πίτσα", είπε. "Δεν έχω ψωνίσει και το ψυγείο μου είναι άδειο. Μακάρι να ήσουν εδώ για να το μοιραστείς μαζί μου".

"Κι εγώ, λατρεύω την πίτσα. Ίσως μπορούμε να μοιραστούμε μία αυτό το Σαββατοκύριακο".

"Νομίζω ότι μπορώ να κάνω κάτι καλύτερο από την πίτσα. Σκοπεύω να σε βγάλω έξω σε ένα καθιστό γεύμα. Θα πρέπει να διαλέξεις ένα μέρος που θα σου αρέσει. Δεν είμαι εξοικειωμένος με το Ρόλινγκ Φορκ". Ο Μάρκους εξήγησε.

"Δεν με νοιάζει πού τρώμε", είπε η Βάλερι, "αρκεί να είμαστε μαζί".

"Ούτε εγώ", είπε ο Μάρκους.

"Θα σε αφήσω να φύγεις για να μπορέσεις να φας την πίτσα σου πριν κρυώσει. Θα τα πούμε αργότερα", είπε η Βάλερι.

"Καληνύχτα. Ονειρέψου εμένα. Εγώ θα ονειρεύομαι εσένα", είπε ο Μάρκος. Έκλεισε το τηλέφωνο και κάθισε κοιτάζοντας για λίγο το κενό. Ξυπνώντας από τη ζαλάδα του, πήγε την πίτσα του στην κουζίνα για να πάρει ένα αναψυκτικό και ένα πιάτο.

~

Η Βάλερι στάθηκε ατενίζοντας το τηλέφωνο, αφού ο Μάρκους έκλεισε το τηλέφωνο.

"Ίσως είμαστε εραστές από μια προηγούμενη ζωή", σκέφτηκε. Δεν είχε νιώσει ποτέ ξανά τόσο έντονα για κάποιον. Είχε βγει με τον Ντον στο λύκειο. Είχαν βγει ραντεβού στον χορό των τελειόφοιτων, αλλά δεν είχαν προχωρήσει ποτέ πέρα από το στάδιο της φιλίας. Μερικά σύντομα φιλιά ήταν το μόνο που είχαν μοιραστεί. Δεν μπορούσε να ενθουσιαστεί με τον Ντον. Ένιωθε σαν να φιλούσε τον αδελφό της. Απλώς δεν ήταν κάτι που θα μπορούσε να οδηγήσει κάπου. Σκέφτηκε τον Μάρκους. Αγκάλιασε τον εαυτό της και ανατρίχιασε.

"Πάω στοίχημα ότι δεν υπάρχει τίποτα αδελφικό στο να φιλάς τον Μάρκους", σκέφτηκε. Η Βάλερι χαμογέλασε και πήγε να δει τι θα μπορούσε να φτιάξει για να φάει. Μπορεί να παραγγείλει πίτσα. Ο Μάρκους την είχε βάλει σε σκέψεις γι' αυτό, και τώρα το λαχταρούσε. Πήγε στο τηλέφωνο και κάλεσε την τοπική πιτσαρία και έκανε μια παραγγελία.

"Υποθέτω ότι θα έχω χρόνο για ένα γρήγορο ντους όσο θα περιμένω", είπε.

Ενώ η Βάλερι περίμενε, χτύπησε ξανά το τηλέφωνό της.

"Γεια σας", απάντησε.

"Γεια σου, αγάπη μου."

"Γεια σου, μαμά. Πώς πάνε οι διακοπές; Έπεισες τον μπαμπά να μείνει περισσότερο;" ρώτησε.

"Ναι, το έκανα. Θα μείνουμε μερικές εβδομάδες παραπάνω και θα κάνουμε μερικές περιοδείες. Πώς τα πας; Επέστρεψες στη δουλειά σου;

"Πήγα για λίγο σήμερα. Είμαι μια χαρά. Η Σίντι με παρακολουθεί για να βεβαιωθεί ότι δεν το παρακάνω. Υποθέτω ότι δεν είχες καμία σχέση με αυτό". Η Βάλερι με πείραξε.

"Ήθελα απλώς να βεβαιωθώ ότι είσαι καλά", διαμαρτυρήθηκε η μητέρα της.

"Το ξέρω, μαμά. Δεν με πειράζει. Απλά πείραζα. Χαίρομαι που έπεισες τον μπαμπά να μείνει περισσότερο. Πρέπει να χαλαρώσετε και οι δύο για λίγο. Περίμενε, μαμά, η πίτσα μου είναι στην πόρτα".

"Θα πάω εγώ. Ήθελα απλώς να δω τι κάνεις. Πήγαινε να απολαύσεις την πίτσα σου. Σ' αγαπώ."

"Κι εγώ σ' αγαπώ. Αντίο, μαμά".

Η Βάλερι έκλεισε το τηλέφωνο και έσπευσε στην πόρτα. Καθώς άνοιξε την πόρτα, πήρε μια βαθιά ανάσα.

"Ω, αυτό μυρίζει τόσο ωραία", είπε χαμογελώντας. Η διανομέας της χαμογέλασε κι εκείνη.

"Το ξέρω", είπε. "Μυρίζω πίτσα εδώ και δύο ώρες. Ανυπομονώ να κάνω το διάλειμμά μου και να φάω λίγη".

Η Βάλερι πλήρωσε την πίτσα της και της έδωσε φιλοδώρημα. Είπε "ευχαριστώ" στην διανομέα και πήγε το φαγητό της στην κουζίνα, όπου πήρε ένα πιάτο, έβαλε τρία κομμάτια, έφτιαξε ένα ποτό και μετά τα πήγε όλα στο σαλόνι για να δει τηλεόραση ενώ έτρωγε.

ΚΕΦΑΛΑΙΟ 5

"Γεια σας, είναι κανείς εδώ;" φώναξε μια φωνή.

"Έρχομαι αμέσως", απάντησε η Βάλερι. "Είμαι στο πίσω δωμάτιο."

Η Βάλερι έβγαλε το κεφάλι της από το πίσω δωμάτιο, όπου ξεπακετάριζε ένα νέο κουτί με έργα τέχνης.

"Γεια σου, Ντον", είπε χαμογελώντας. "Τι κάνεις εδώ όταν το καφενείο είναι ανοιχτό;"

"Κάνω το διάλειμμά μου. Έχω έναν νέο βοηθό. Κάνει καλή δουλειά, οπότε μπορώ να κάνω ένα διάλειμμα που και που. Άκουσα για τον αγώνα σου με τη μέλισσα. Πώς τα πας;" ρώτησε ο Ντον.

"Τα πάω καλά. Το μόνο που χρειαζόμουν ήταν το σωστό φάρμακο και ήμουν έτοιμος να γυρίσω σπίτι". Η Βάλερι γέλασε. "Πρέπει να είναι μέρα με αργές ειδήσεις, αν όλες οι ειδήσεις αφορούν το τσίμπημα της μέλισσας μου".

"Όλοι ανησυχούσαμε για σένα. Η Σίντι μας ενημέρωνε".

"Δεν υπάρχει πλέον λόγος ανησυχίας. Είμαι μια χαρά."

"Χαίρομαι", είπε ο Don. "Αναρωτιόμουν αν θα

ήθελες να βγούμε για φαγητό και να δούμε μια ταινία αυτό το Σαββατοκύριακο".

Η Βάλερι κούνησε το κεφάλι της. "Λυπάμαι. Έχω σχέδια για το Σαββατοκύριακο".

"Ω, ίσως κάποια άλλη φορά τότε." Ο Ντον συνομίλησε για λίγα λεπτά ακόμη πριν επιστρέψει στην καφετέρια.

Η Σίντι μπήκε από την μπροστινή πόρτα. Είχε πάει στην τράπεζα και επέστρεφε.

"Νόμιζα ότι είδα τον Ντον να φεύγει. Πώς μπόρεσε να φύγει από την καφετέρια;"

"Έχει ένα νέο άτομο που εργάζεται μαζί του. Ήθελε απλώς να δει πώς τα πάω μετά το τσίμπημα της μέλισσας. Μου ζήτησε να βγω αυτό το Σαββατοκύριακο. Του είπα ότι είχα σχέδια. Δεν ενδιαφέρομαι γι' αυτόν. Δεν θέλω να του μπουν ιδέες". Η Βάλερι αναστέναξε.

"Τι σχέδια;" ρώτησε η Σίντι.

"Έχω έναν φίλο που έρχεται στην πόλη την Πέμπτη και την Παρασκευή. Θα τον ξεναγήσω. Θα έρθω στη δουλειά την Πέμπτη το πρωί για λίγο. Θα φύγω μόλις φτάσει ο Μάρκος και θα πάρω ρεπό και την Παρασκευή". Η Βάλερι ήταν πολύ συγκεκριμένη όσον αφορά τα σχέδιά της. Δεν επρόκειτο να αφήσει τίποτα να διακόψει τον χρόνο της με τον Μάρκους.

"Θα γνωρίσω τον Μάρκους;" ρώτησε η Cindy.

"Ναι, θα με πάρει από εδώ. Θα σας συστήσω τότε", συμφώνησε η Valerie.

Η Σίντι κοίταξε προσεκτικά τη Βάλερι. Ποτέ δεν την είχε δει να δείχνει τόσο χαρούμενη και ανυπόμονη για οτιδήποτε. Αυτός ο Μάρκους πρέπει να ήταν πολύ ξεχωριστός γι' αυτήν.

"Λοιπόν, ας πιάσουμε δουλειά. Έχουμε ακόμα μερικά κουτιά να αδειάσουμε", είπε η Βάλερι.

Η Βάλερι έλεγξε αν υπήρχαν πελάτες έξω. Η ακτή ήταν καθαρή. Εκείνη και η Σίντι επέστρεψαν στο πίσω δωμάτιο για να τελειώσουν το ξεπακετάρισμα.

~

Η Βάλερι ξύπνησε νωρίς το πρωί της Τετάρτης. Τεντώθηκε και γύρισε ανάσκελα. Της ήρθε μια ζαλάδα στη σκέψη του Μάρκους. Μια ακόμη μέρα είχε να περάσει και θα βρισκόταν με το άτομο που είχε γίνει πολύ σημαντικό γι' αυτήν μέσα σε τόσο σύντομο χρονικό διάστημα. Το να του μιλάει καθημερινά στο τηλέφωνο ήταν ωραίο, αλλά ήθελε να τον βλέπει και να μπορεί να τον αγγίζει. Ίσως υπήρχε κάτι στην ιδέα της προηγούμενης ζωής που είχε συζητήσει με τον Μάρκους. Ένιωθε σαν να γνώριζε τον Μάρκους από πάντα. Γύρισε και βγήκε από το κρεβάτι. Μετά από ένα γρήγορο ντους, έφτιαξε ένα απλό πρωινό με χυμό και τοστ. Πήρε τα κλειδιά της και ξεκίνησε για την γκαλερί. Θα προσπαθούσε να κάνει πολλή δουλειά σήμερα, επειδή θα έπαιρνε ρεπό τις επόμενες δύο ημέρες. Όποιον περνούσε στο δρόμο για τη δουλειά, τον χαιρετούσε και του χαμογελούσε χαρούμενα. Έφτιαχνε τη διάθεση όλων, απλά και μόνο με το να είναι τόσο χαρούμενη.

Η Σίντι χαιρέτησε τη Βάλερι όταν μπήκε από την πόρτα.

"Γεια. Φαίνεσαι πολύ χαρούμενη σήμερα", παρατήρησε.

"Είμαι ευτυχισμένη", συμφώνησε η Βάλερι. "Ο Μάρκους θα είναι εδώ αύριο. Ανυπομονώ.

"Η μέρα θα περάσει πιο γρήγορα αν πιάσουμε δουλειά", δήλωσε η Σίντι. "Ας δούμε τι μας έχει απομείνει να ξεπακετάρουμε. Αφού τελειώσουμε με το ξεπακετάρισμα, μπορούμε να αρχίσουμε να δουλεύουμε την τέχνη στον εκθεσιακό χώρο. Έχουμε το κουτί που έστειλε η μαμά σου από την Ιταλία. Γιατί δεν ξεκινάμε με αυτό;"

"Εντάξει", συμφώνησε η Βάλερι, "ανυπομονώ να δω τι θα στείλει".

Η Σίντι οδήγησε στο πίσω δωμάτιο. Η Βάλερι πήγε στο κουτί που είχε φτάσει από την Ιταλία το προηγούμενο βράδυ. Ήταν αργά όταν έφτασε. Ήταν στα πρόθυρα να φύγουν, οπότε αποφάσισαν να περιμένουν μέχρι το πρωί για να ανοίξουν το κουτί. Η Βάλερι χρησιμοποίησε έναν κόφτη για να αφαιρέσει την ταινία συσκευασίας από το κουτί. Το άνοιξε προσεκτικά και κοίταξε μέσα. Υπήρχε ένα σημείωμα μέσα, πάνω από το περιεχόμενο. Το σημείωμα ήταν από τη μαμά της.

"Γεια σου, Βαλ. Περνάμε υπέροχα. Νομίζω ότι ο μπαμπάς σου χαίρεται που τον έπεισα να μείνει περισσότερο. Βρήκαμε ένα παζάρι πριν από λίγες μέρες. Λοιπόν, ξέρεις τον μπαμπά σου. Δεν μπορεί να αντισταθεί σε ένα παζάρι. Οπότε πήραμε μερικά πράγματα. Μπορείς να διαλέξεις κάτι για σένα και κάτι για τη Σίντι. Βάλε τα υπόλοιπα στην γκαλερί για πώληση. Καλή διασκέδαση, με αγάπη μαμά".

"Ω", αναστέναξε η Σίντι. "Θα διαλέξω ένα για να το κρατήσω!"

Άρχισε να βγάζει προσεκτικά τα αντικείμενα από το κουτί. Η Βάλερι τη βοήθησε να βγάλει το χαρτί περιτυλίγματος. Στο κουτί υπήρχαν πολλές φιγούρες. Τα ξετύλιξε προσεκτικά και τα έβαλε σε σειρά στο τραπέζι για να τα μελετήσει.

"Ποιο θα διαλέξεις;" ρώτησε η Σίντι.

Η Βάλερι κοιτούσε την οθόνη. Παρατήρησε ότι τα μάτια της Σίντι είχαν τραβηχτεί σε ένα άγαλμα ενός αγγέλου που έπαιζε άρπα. Νομίζω ότι θα πάρω αυτό", είπε η Βάλερι. Πήρε το άγαλμα ενός αγγέλου που αιωρούνταν πάνω από ένα πολύ μικρό κορίτσι σαν να το προστάτευε.

Η Σίντι διάλεξε γρήγορα αυτό που είχε βάλει στο μάτι.

"Ας τα βάλουμε αυτά στο γραφείο και ας οργανώσουμε μια έκθεση για τα υπόλοιπα", είπε η Βάλερι. "Ίσως μπορούμε να βάλουμε και μια κάρτα μαζί τους, ώστε να ξέρει ο κόσμος ότι ήρθαν από την Ιταλία".

"Καλή ιδέα", συμφώνησε η Σίντι.

Τα κορίτσια τακτοποίησαν γρήγορα τα αγάλματά τους στο γραφείο και ασχολήθηκαν με το στήσιμο της έκθεσης. Η Βάλερι έμεινε πίσω και άφησε τη Σίντι να τακτοποιήσει τα αγάλματα. Η Σίντι ήταν πολύ καλή σε αυτό. Αφού τακτοποιήθηκε η βιτρίνα, τα κορίτσια στάθηκαν πίσω και τη θαύμασαν.

"Φαίνεται πολύ ωραίο", είπε η Βάλερι "Τα τοποθετήσατε ακριβώς σωστά. Φαίνονται καλά από όλες τις γωνίες". Περπάτησε γύρω από τη βιτρίνα θαυμάζοντάς την από όλες τις πλευρές.

"Ευχαριστώ", είπε η Σίντι. "Τα αγάλματα δουλεύουν καλά. Φαίνονται σαν να ανήκουν μαζί. Ίσως κάποιος έρθει και αγοράσει ολόκληρη την έκθεση".

"Ίσως", συμφώνησε η Βάλερι. "Έχουν συμβεί και πιο παράξενα πράγματα".

Με μια τελευταία ματιά στη βιτρίνα, τα κορίτσια επέστρεψαν στο πίσω δωμάτιο για να συνεχίσουν το ξεπακετάρισμα.

Δούλευαν σταθερά μέχρι το μεσημεριανό γεύμα με μικρά μόνο διαλείμματα για την εξυπηρέτηση των πελατών. Η Cindy παρότρυνε τη Βάλερι να κάνει πρώτα το μεσημεριανό της διάλειμμα. Η Βάλερι συμφώνησε και πήγε στο γραφείο για να πάρει την τσάντα της πριν φύγει. Όταν πήρε την τσάντα της, παρατήρησε ότι είχε ένα μήνυμα στο τηλέφωνό της. Έκανε γρήγορα κλικ στο μήνυμα. Ήταν από τον Μάρκους.

"Σε σκέφτομαι. Δεν μπορώ να περιμένω μέχρι αύριο".

Η Βάλερι χαμογέλασε. Σε σκέφτομαι. επανέλαβε στον εαυτό της. "Κι εγώ", πληκτρολόγησε. Έκανε γρήγορα κλικ στο "αποστολή" και έφυγε για το μεσημεριανό γεύμα.

ΚΕΦΆΛΑΙΟ 6

Ο Μάρκους χαμογέλασε καθώς κοίταξε το μήνυμα της Βάλερι. Πήγε στην καφετέρια για μεσημεριανό γεύμα. Στην καφετέρια, διάλεξε τι ήθελε να φάει και κοίταξε γύρω του για ένα μέρος να καθίσει. Είδε τον Δρ Πέην και τον Δρ Κάρτερ να κάθονται σε ένα τραπέζι στη μέση της αίθουσας και κατευθύνθηκε προς το τραπέζι.

"Σας πειράζει κύριοι να σας κάνω παρέα;" ρώτησε.

"Σερβιριστείτε", είπε ο Δρ Πέην. Έδειξε την άδεια καρέκλα. "Είστε έτοιμοι για το ρεπό σας;"

"Ω, ναι", είπε ο Μάρκους. "Σχεδίαζα αυτό το ταξίδι εδώ και μέρες".

"Πού πας;" ρώτησε ο δρ Κάρτερ.

"Πάω στο Ρόλινγκ Φορκ. Είναι περίπου τρεις ώρες από εδώ. Το γνωρίζει κανείς από εσάς;"

Ο ΔρΠέην κούνησε το κεφάλι του, αλλά ο ΔρΚάρτερ έγνεψε. "Ναι, μεγάλωσα εκεί. Είναι ένα ωραίο μέρος. Σκέφτηκα να επιστρέψω εκεί για να ασκήσω το επάγγελμα, αλλά αποφάσισα ότι έπρεπε να απομακρυνθώ από τους φίλους και τους γείτονες μέχρι να αποκτήσω περισσότερη εμπειρία. Σκοπεύω να επιστρέψω εκεί κάποια στιγμή", επέκτεινε την απάντησή του ο δρ Κάρτερ.

"Γνωρίζετε την γκαλερί Mason Art Gallery;" ρώτησε ο Μάρκους.

"Ναι, ο κ. Μέισον είναι καλό παιδί. Πήγαινα σχολείο με την κόρη του, τη Βάλερι. Δεν έκανε παρέα με την παρέα του σχολείου και βοηθούσε πάντα τον πατέρα της στη γκαλερί. Ήταν πάντα φιλική, αλλά απλά δεν ενδιαφερόταν να κάνει παρέα. Πάντα στόλιζαν την γκαλερί για τις Απόκριες. Υπήρχαν μερικές υπέροχες διακοσμήσεις". Ο δρ Κάρτερ έγειρε πίσω στην καρέκλα του. Σκεφτόταν ακόμα το σπίτι του. Έδειχνε να νοσταλγεί λίγο την πατρίδα του.

Ο Μάρκους δεν έδωσε καμία πληροφορία για το ραντεβού του με τη Βάλερι Δέχτηκε την πληροφορία με χαρά. "Αν χρειάζεστε μεγαλύτερη επίσκεψη, μπορώ να σας καλύψω και το Σάββατο", προσφέρθηκε εθελοντικά ο Δρ Πέην.

"Αυτό θα ήταν υπέροχο. Είσαι σίγουρος ότι μπορείς να αντέξεις την επιπλέον δουλειά;" ρώτησε ο Μάρκους.

"Είμαι σίγουρος. Δεν έχω τίποτα άλλο να κάνω και μπορώ να χρησιμοποιήσω τα επιπλέον χρήματα", δήλωσε. "Μερικές φορές φαίνεται σαν να μην υπάρχουν αρκετά χρήματα για όλους".

Ο Μάρκους αισθάνθηκε ένοχος, για μια στιγμή. Πάντα τα κατάφερνε εύκολα με τα χρήματα. Το καταπίστευμα που του άφησε ο παππούς του πάντα τον διευκόλυνε.

Όλοι τελείωσαν το φαγητό και πήραν τους δίσκους τους στον ιμάντα μεταφοράς. Οι τρεις τους χώρισαν έξω από την καφετέρια για να πάνε σε διαφορετικούς ορόφους για να φροντίσουν τους ασθενείς.

Όταν ο Μάρκους πέρασε την εξώπορτα, αφού έφυγε από το νοσοκομείο, έλεγξε τις αποσκευές του. Ήταν έτοιμες για το πρωί, δίπλα στην εξώπορτα. Τοποθέτησε την ιατρική του τσάντα στο τραπέζι δίπλα στην πόρτα. Δεν πήγαινε ποτέ πουθενά χωρίς την ιατρική του τσάντα. Όλα ήταν έτοιμα να φύγουν. Αποφάσισε να τηλεφωνήσει στη Βάλερι πριν κάνει το ντους του. Δεν μπορούσε να περιμένει άλλο ένα λεπτό.

"Γεια σου", είπε η Βάλερι.

"Γεια σου", είπε ο Μάρκους.

"Μάρκους", αναφώνησε! "Είσαι έτοιμος;"

"Ναι", απάντησε. "Απλώς έλεγχα τις αποσκευές μου και την ιατρική τσάντα. Είμαι έτοιμος. Ανυπομονώ να σε δω. Το τηλέφωνο είναι καλό , αλλά θέλω να σε κρατήσω στην αγκαλιά μου και να σε νιώσω κοντά μου".

"Το θέλω κι εγώ αυτό. Ήμουν σε αγωνία όλη την ημέρα. Φοβόμουν ότι κάτι θα σε εμπόδιζε να έρθεις. Δεν άντεχα να το σκέφτομαι". Η Βάλερι ψιθύρισε στο τηλέφωνο.

"Τίποτα δεν πρόκειται να με σταματήσει. Θα είμαι εκεί στις εννέα το πρωί. Ο Δρ Πέην μου είπε ότι θα με καλύψει μια άλλη μέρα. Πώς θα σας φαινόταν αν έμενα μέχρι το Σάββατο;"

"Ναι, παρακαλώ. Ήδη φοβόμουν ότι θα έφευγες. Μια επιπλέον μέρα θα ήταν υπέροχη". Η Βάλερι ακούμπησε στον πάγκο της κουζίνας και κοίταξε έξω από το παράθυρο καθώς μιλούσε στο τηλέφωνο. "Τι στο καλό", αναφώνησε!

"Τι συμβαίνει;" ρώτησε ο Μάρκους, τραβώντας την προσοχή του.

"Κάποιος κυκλοφορούσε την αυλή μου. Υπάρχει

χαρτί τουαλέτας κρεμασμένο από όλα τα δέντρα στο πίσω μέρος του σπιτιού", εξήγησε η Βάλερι.

Ο Μάρκους γέλασε. "Νόμιζα ότι κάτι είχε συμβεί. 'Ασε το χαρτί. Θα το καθαρίσω αύριο. Δεν θέλω να έρθεις αντιμέτωπη με άλλη μια μέλισσα. Μπορώ να το καθαρίσω σε χρόνο μηδέν. Εντάξει;"

"Εντάξει, θα το αφήσω για σένα. Δεν θέλω ούτε να σκέφτομαι άλλη μέλισσα, παρόλο που η τελευταία μας έφερε κοντά", συλλογίστηκε η Βάλερι.

"Είμαι ευγνώμων που είμαστε μαζί, αλλά δεν θέλω τίποτα να διακόψει την επίσκεψή μας", είπε με έμφαση ο Μάρκους.

Η Βάλερι χαμογέλασε χαρούμενα. Αγκάλιασε τον εαυτό της. Ανυπομονούσε να έρθει ο Μάρκους.

"Είσαι ακόμα εκεί;" ρώτησε ο Μάρκους.

"Ναι, είμαι ακόμα εδώ. Σκεφτόμουν να σε δω αύριο. Χαίρομαι τόσο πολύ που θα έρθεις".

" Θα είμαι εκεί, το υπόσχομαι. Τίποτα δεν θα με κρατήσει μακριά σου".

Ο Μάρκους ήταν πολύ αποφασισμένος να δει τη Βάλερι. Δεν είχε σκεφτεί τίποτα άλλο όλη την εβδομάδα. Η ώρα να τη δει πλησίαζε και ήταν αποφασισμένος να μην τον εμποδίσει τίποτα.

"Θα κάνω το ντους μου, θα φάω κάτι και θα κοιμηθώ νωρίς το βράδυ, ώστε να ξεκινήσω νωρίς το πρωί. Ονειρέψου με", είπε χαμογελώντας.

Καληνύχτα, Μάρκους. Πάντα σε ονειρεύομαι. Ονειρέψου κι εσύ εμένα. Θα σε δω αύριο".

Η Βάλερι έκλεισε το τηλέφωνο και κάθισε να ονειρεύεται τον Μάρκους.

"Θα τον δω αύριο", είπε χαμογελώντας, χαρούμενη.

ΚΕΦΆΛΑΙΟ 7

Η Βάλερι και η Σίντι άνοιξαν την γκαλερί στις οκτώ το επόμενο πρωί. Δεδομένου ότι ο Μάρκους θα ερχόταν στις εννέα, η Βάλερι δεν ήθελε να καθυστερήσει η επίσκεψή τους. Είχαν βάλει σχεδόν τα πάντα σε τάξη, όταν χτύπησε το κουδούνι της εξώπορτας καθώς κάποιος μπήκε μέσα. Η Βάλερι κοίταξε μέσα από την πόρτα και εντόπισε τη θεία Έμιλι να κοιτάζει την έκθεση από την Ιταλία. Φαινόταν γοητευμένη από αυτό. Η Βάλερι έριξε μια ματιά στο ρολόι. Η ώρα ήταν μισή.

"Γεια σου, θεία Έμιλι. Τι κάνεις έξω τόσο νωρίς;" ρώτησε η Βάλερι.

"Γεια σου, Βάλερι. Δεν κοιμάμαι πολύ. Φαίνεται ότι όσο μεγαλώνω, τόσο λιγότερο κοιμάμαι. Ήθελα απλώς να δω πώς τα πας. Ξέρω ότι παίρνεις άδεια για να είσαι με τη φίλη σου και ήθελα να σε προλάβω πριν φύγεις". Η θεία Έμιλι επέστρεψε να κοιτάζει την ιταλική βιτρίνα.

"Είμαι καλά, θεία Έμιλι. Σου αρέσουν αυτά; Τα έστειλε η μαμά από την Ιταλία".

"Είναι προς πώληση;"

"Ναι, φυσικά. Θέλετε να αγοράσετε μερικά από αυτά;"

"Όχι, θέλω να τα αγοράσω όλα".

"Όλοι τους!" αναφώνησε η Σίντι, που μόλις είχε έρθει από το πίσω δωμάτιο για να τους συναντήσει.

"Ναι, όλοι τους. Είναι πρόβλημα αυτό;"

"Όχι, δεν πειράζει. Σίντι, μπορείς να της φέρεις τα αγαλματίδια;" Η Βάλερι άρχισε να μετακινεί ένα από τα ειδώλια.

"Περίμενε, πριν τα μετακινήσεις, θα μπορούσες να βγάλεις μια φωτογραφία της διάταξης για μένα όταν τα πάω σπίτι;" ρώτησε η θεία Έμιλι.

"Βέβαια. Άσε με να πάρω τη φωτογραφική μου μηχανή". Η Βάλερι πήγε στο γραφείο για να πάρει τη φωτογραφική της μηχανή. Έσκυψε πιο κοντά στη Σίντι και της μίλησε ψιθυριστά. "Δώσε της είκοσι τοις εκατό έκπτωση". Η Σίντι έγνεψε καταφατικά και η Βάλερι πήγε να βγάλει μια φωτογραφία της βιτρίνας.

Είχαν τελειώσει την πώληση και είχαν πακετάρει τις φιγούρες και ήταν έτοιμες να φύγουν, όταν η Βάλερι έριξε μια ματιά στην πόρτα. Χαμογέλασε. Ο κούκλος που περνούσε την πόρτα έπρεπε να είναι ο Μάρκους. Χαμογέλασε και κατευθύνθηκε προς την πόρτα. Δεν είχαν μάτια για κανέναν άλλον εκτός από τον άλλον. Η Βάλερι τον πλησίασε από κοντά πριν σταματήσει.

"Γεια σου, Μάρκους."

"Γεια σου, Βάλερι."

Ο Μάρκους τράβηξε τη Βάλερι στην αγκαλιά του για μια αγκαλιά. Στάθηκαν εκεί για λίγο, κρατώντας ο ένας τον άλλον σφιχτά και κοιτάζοντας ο ένας τα μάτια του άλλου.

"Είσαι έτοιμη να φύγουμε;" ρώτησε ο Μάρκους.

"Ναι, μόλις γνωρίσεις τη Σίντι".

Γύρισαν και ξεκίνησαν για το γραφείο όπου η Σίντι τελείωνε με τη θεία Έμιλι. Είχαν κάνει μόνο μερικά βήματα όταν ο Μάρκους σταμάτησε απότομα. Κοιτούσε τη θεία Έμιλι σαν να είχε δει φάντασμα.

"Γεια σου, μητέρα", είπε με ψυχρή φωνή. "Τι κάνεις εδώ;"

"Μητέρα!" αναφώνησε η Βάλερι. "Η θεία Έμιλι είναι η μητέρα σου;"

"Γιατί την αποκαλείς θεία Έμιλι;" ρώτησε ο Μάρκους.

"Είναι η νονά μου. Πάντα την αποκαλούσα θεία Έμιλι". Εξήγησε η Βάλερι.

Ο Μάρκους γύρισε πίσω για να αντικρίσει τη μητέρα του.

"Γεια σου, Μάρκους. Είμαι επισκέπτρια εδώ, αλλά σκέφτομαι να μετακομίσω. Η μητέρα της Βάλερι ήταν πάντα η καλύτερή μου φίλη. Ήθελα να είμαι πιο κοντά της τώρα που ο πατέρας σου κι εγώ δεν είμαστε πια μαζί.

"Έμαθα για το διαζύγιο. Λυπάμαι", είπε ο Μάρκους.

"Εγώ όχι. Χαίρομαι που ξεφεύγω από τον πατέρα σου και τις γκόμενες του. Θέλω να έχω μια πιο ήρεμη ζωή".

"Σου εύχομαι καλή τύχη, αλλά η Βάλερι κι εγώ έχουμε σχέδια. Θα σε δω πριν επιστρέψω στο Ντέντον", ο Μάρκους ήθελε να μείνει μόνος με τη Βάλερι. Δεν επρόκειτο να αφήσει τη μητέρα του να παρέμβει. "Είσαι έτοιμη να φύγουμε;" ρώτησε τη Βάλερι.

"Ναι, απλώς επίτρεψέ μου να πάρω την τσάντα μου", η Βάλερι πήγε στο γραφείο για να την πάρει. Επέστρεψε σε ένα λεπτό, έτοιμη να φύγει. Δεν ήθελε να διακόψει κανείς τον χρόνο της με τον Μάρκους, ούτε καν η μητέρα του.

Ο Μάρκους της έπιασε το χέρι καθώς άρχισαν να βγαίνουν από την πόρτα. Έμοιαζε σαν να έπρεπε να την αγγίξει. Εκείνη δεν παραπονιόταν. Του έσφιξε το χέρι και του χαμογέλασε. Έξω, ο Μάρκους την οδηγούσε προς το αυτοκίνητό του. Ήταν μια BMW ασημί χρώματος.

"Ουάου!" είπε η Βάλερι, σταματώντας να κοιτάζει το αυτοκίνητό του.

Ο Μάρκους την οδήγησε στην πλευρά του συνοδηγού και της άνοιξε την πόρτα. Η Βάλερι γλίστρησε στη θέση της, θαυμάζοντας τα μαλακά καλύμματα του καθίσματος. Ο Μάρκους μπήκε στην πλευρά του οδηγού και μπήκε ομαλά στην κίνηση.

"Ωραίο αυτοκίνητο", παρατήρησε η Valerie.

"Ναι", συμφώνησε ο Μάρκους. "Όταν ήμουν νέος, με οδηγούσαν παντού, πάντα με ένα μεγάλο μαύρο αυτοκίνητο. Υποσχέθηκα στον εαυτό μου ότι όταν θα μπορούσα να αποκτήσω το δικό μου αυτοκίνητο δεν θα ήταν ποτέ μαύρο". Ο Μάρκους κοίταξε τη Βάλερι με ένα χαμόγελο. Άπλωσε το χέρι του και ξαναπήρε το χέρι της.

"Λοιπόν", είπε η Βάλερι, γελώντας απαλά, "σίγουρα δεν είναι μαύρο".

Ο Μάρκους γέλασε μαζί της. "Τώρα, αν μου δώσεις οδηγίες για το σπίτι σου, θα καθαρίσω το χαρτί τουαλέτας από την αυλή σου".

"Ξέρεις, δεν χρειάζεται να το κάνεις αυτό. Μπορούμε απλά να οδηγήσουμε και να δούμε τα αξιοθέατα", είπε η Valerie.

"Θέλω να βεβαιωθώ ότι δεν θα συναντήσετε άλλες μέλισσες. Θέλω επίσης να δω πού μένεις", ο Μάρκους έριξε μια ματιά στη Βάλερι. "Επίσης, μετράω τα λεπτά μέχρι να μείνουμε μόνοι μας και να μπορέσω να σε φιλήσω".

Δεδομένου ότι η Βάλερι συμφώνησε με τον Μάρκους σε όλα όσα είπε, του έδωσε γρήγορα οδηγίες για το σπίτι της.

Μπήκαν στην αυλή και πάρκαραν μπροστά από το σπίτι. Αφού ο Μάρκους βοήθησε τη Βάλερι να βγει από το αυτοκίνητο, κοίταξε καλά γύρω του. Ήταν ένα παλιό αρχοντικό. Και η Βάλερι κοίταξε γύρω της. Προσπάθησε να δει το σπίτι όπως το έβλεπε ο Μάρκους. Ήταν δύσκολο να είναι αντικειμενική. Για εκείνη ήταν πάντα απλά το σπίτι της.

"Είναι πολύ ωραίο", δήλωσε ο Μάρκους. Γύρισε και χαμογέλασε στη Βάλερι. Τώρα οδήγησέ με στο χαρτί τουαλέτας. Γέλασε. "Αυτό ακούγεται περίεργο".

Η Βάλερι γέλασε μαζί του.

"Είναι εδώ πίσω", είπε. Περπάτησε γύρω από το σπίτι προς την πίσω αυλή.

"Φίλε, έκαναν πολύ καλή δουλειά".

"Ναι, πραγματικά το έκαναν", συμφώνησε η Βάλερι. "Υπάρχει μια τσουγκράνα στην αποθήκη εργαλείων. Μπορείς να τη χρησιμοποιήσεις για να φτάσεις στο ψηλότερο χαρτί".

"Ακούγεσαι σαν να έχει ξανασυμβεί αυτό", παρατήρησε ο Μάρκους, καθώς πήγαινε να πάρει την τσουγκράνα και να απομακρύνει το χαρτί από τα δέντρα.

"Έχει ξανασυμβεί", συμφώνησε η Βάλερι. "Είμαι αρκετά σίγουρη ότι ξέρω τους ενόχους. Απλώς δεν τους έχω πιάσει ακόμα, οπότε δεν μπορώ να αποδείξω τίποτα".

"Ωραία. Είναι απλώς μια ακίνδυνη σκανταλιά. Όσο το πρόβλημα δεν κλιμακώνεται, δεν χρειάζεται να ανησυχείς", είπε ο Μάρκους. Τελείωσε τη συλλογή του χαρτιού και τα κατέβασε όλα σε έναν μεγάλο κάδο απορριμμάτων, που του είχε προσφέρει η Βάλερι. Έβαλε το καπάκι στον κάδο και γύρισε προς το μέρος της.

"Έλα εδώ", είπε. Την άγγιξε και την τράβηξε στην αγκαλιά του. Η Βάλερι πήγε πρόθυμα. Το περίμενε αυτό εδώ και σχεδόν μια εβδομάδα. Την πονούσε να την αγκαλιάσει και να τη φιλήσει ο Μάρκους.

Ο Μάρκους την τράβηξε πιο κοντά και, αφού την κοίταξε για λίγο στα μάτια, χαμήλωσε το κεφάλι του για το πρώτο τους φιλί. Το φιλί ξεκίνησε απαλά και στη συνέχεια έγινε βαθύτερο και πιο αισθησιακό. Η Βάλερι βογκούσε και προσπαθούσε να πλησιάσει περισσότερο τον Μάρκους. Ο Μάρκους την υποχρέωσε και άνοιξε το στόμα της με τη γλώσσα του. Η Βάλερι έτριψε τη γλώσσα της πάνω στη γλώσσα του Μάρκους. Το φιλί συνεχιζόταν και συνεχιζόταν. Τελικά, αναγκάστηκαν και οι δύο να τραβηχτούν πίσω για να πάρουν μια βαθιά ανάσα.

"Ουάου", είπε ο Μάρκους. "Θα μπορούσα να συνηθίσω σε μια σταθερή δίαιτα από αυτό". Τράβηξε τη Βάλερι πιο κοντά και έτριψε το πηγούνι του στα μαλλιά της.

"Κι εγώ", συμφώνησε η Βάλερι. Ακουγόταν λίγο λαχανιασμένη.

"Πάμε μέσα να πλυθείς. Μπορώ να σου προσφέρω κάτι να πιεις".

"Εντάξει", συμφώνησε ο Μάρκους.

Μπήκαν μέσα με τα χέρια τους πλεγμένα. Ήταν κοντά ο ένας στον άλλο. Δεν μπορούσαν να σταματήσουν να αγγίζονται.

"Νιώθω σαν να σε ξέρω από πάντα, σαν να είσαι το άλλο μου μισό. Είσαι τόσο όμορφη". Ο Μάρκους χάιδεψε τα μαλλιά πίσω από το πρόσωπο της Βάλερι και τη φίλησε ξανά απαλά.

Η Βάλερι ακούμπησε το κεφάλι της στο στήθος του και εισέπνευσε βαθιά το άρωμά του. Είχε ένα ωραίο αντρικό άρωμα. Ήταν μεθυστικό. Απομακρύνθηκε απρόθυμα. "Το μπάνιο είναι δύο πόρτες πιο κάτω. Είναι εντάξει η λεμονάδα;"

"Η λεμονάδα είναι μια χαρά", συμφώνησε ο Μάρκους καθώς κατευθυνόταν προς το μπάνιο για να πλυθεί.

Η Βάλερι έψαξε να βρει ποτήρια από το ντουλάπι και την κανάτα με τη λεμονάδα από το ψυγείο. Με τρεμάμενα χέρια έχυσε δύο ποτήρια λεμονάδας. Έβαλε κάτω τη λεμονάδα και πήρε μια γουλιά από το ποτήρι της. Κοίταξε ψηλά και είδε τον Μάρκους να έρχεται προς το μέρος της. Την κοιτούσε με ένα χαμόγελο. Η Βάλερι χαμογέλασε κι αυτή.

"Τι θέλεις να κάνεις σήμερα το απόγευμα;" ρώτησε.

"Δεν με πειράζει. Ό,τι θέλεις να κάνεις είναι εντάξει. Θέλω απλώς να είμαι μαζί σου", ο Μάρκους πήρε το χέρι της και το έτριψε στο μάγουλό του. Φύτεψε ένα φιλί στην παλάμη της και έκλεισε τα δάχτυλά της πάνω της.

Η Βάλερι αναστέναξε. Ήταν τόσο ευτυχισμένη. Τίποτα δεν ήθελε περισσότερο από το να είναι κοντά στον Μάρκους, αλλά ήθελε να τον ξεναγήσει στην πόλη της. Δεν ήξερε γιατί. Απλά της φαινόταν σημαντικό, κατά κάποιο τρόπο.

Η Βάλερι πήρε το άδειο ποτήρι του Μάρκους και το έβαλε στον νεροχύτη μαζί με το δικό της ποτήρι. Πήρε το χέρι του και τον οδήγησε προς την πόρτα.

"Έλα", είπε. "Θα ρίξουμε μια ματιά και θα γευματίσουμε στην πόλη".

Ο Μάρκους επέτρεψε στη Βάλερι να τον τραβήξει μέχρι το αυτοκίνητό του και της άνοιξε την πόρτα.

"Εντάξει", είπε καθώς έβαζε μπροστά το αυτοκίνητο. "Πού πάμε;"

"Μπορούμε να επιστρέψουμε μέσω της πόλης. Θα σας δείξω τα πράγματα που έχουν ενδιαφέρον. Μετά μπορούμε να γευματίσουμε στον Κόκορα. Είναι ένα πολύ δημοφιλές εστιατόριο. Το φαγητό εκεί είναι πολύ καλό". Η Βάλερι χαμογέλασε στον Μάρκους καθώς έπαιζε με τα δάχτυλά του.

"Στον Κόκορα, λοιπόν; ", επανέλαβε ο Μάρκους με χαμόγελο.

"Ναι", συμφώνησε η Βάλερι, "στον Κόκορα ".

ΚΕΦΆΛΑΙΟ 8

Η Βάλερι και ο Μάρκους οδήγησαν στον κεντρικό δρόμο. Της έδειξε την καφετέρια, το φαρμακείο και το κατάστημα σιδηρικών.

Τον πήγε δίπλα από το δημοτικό σχολείο και το γυμνάσιο. Πέρασαν από το κολλέγιο και στη συνέχεια έφτασαν στο νοσοκομείο.

"Θα θέλατε να πάτε μέσα και να ρίξετε μια ματιά; Μπορεί να πέσουμε πάνω στον Δρ Στηλ", ρώτησε η Βάλερι.

"Ίσως αργότερα, απλά θέλω να περάσω χρόνο μαζί σου", απάντησε ο Μάρκους.

Η Βάλερι αγκάλιασε το χέρι του και τον πλησίασε όσο πιο κοντά της επέτρεπε η ζώνη ασφαλείας.

"Γιατί δεν πάμε στο Bantam Rooster και να δούμε τι σερβίρουν για μεσημεριανό;"

"Εντάξει", απάντησε η Βάλερι. "Πηγαίνετε τρία τετράγωνα και στρίψτε δεξιά, πηγαίνετε μέχρι το τέλος του δρόμου και θα βρεθείτε στο εμπορικό κέντρο. Το Bantam Rooster βρίσκεται μέσα στο εμπορικό κέντρο".

Ο Μάρκους ακολούθησε τις οδηγίες της και σύντομα έφτασε στο χώρο στάθμευσης του εμπορικού κέντρου. Βγήκαν από το αυτοκίνητο και, αφού το κλείδωσαν, μπήκαν στο εμπορικό κέντρο.

"Το εστιατόριο Κόκορας έχει εξωτερικό άνοιγμα, αλλά μου αρέσει να περπατάω μέσα από το εμπορικό κέντρο", σχολίασε η Βάλερι.

Ο Μάρκους έβαλε το χέρι του γύρω από τον ώμο της και την τράβηξε κοντά του καθώς περπατούσαν και κοίταζαν τα διάφορα καταστήματα και τα αντικείμενα που εκτίθεντο. Σταμάτησαν για να μελετήσουν κάποια πράγματα και να γελάσουν με άλλα. Η Βάλερι απολάμβανε τη βόλτα και την εγγύτητα με τον Μάρκους. Ο Μάρκους ήταν απορροφημένος στη Βάλερι και στο να είναι κοντά της. Δεν τον ένοιαζε πού βρίσκονταν, αρκεί να ήταν εκεί μαζί.

"Εδώ είναι το καφέ", είπε η Βάλερι, σταματώντας στην πόρτα του εστιατορίου Κόκορας.

Ο Μάρκους άνοιξε την πόρτα και μπήκαν μέσα. Υπήρχε πολύς κόσμος εκεί, αλλά δεν ήταν γεμάτο και έτσι πήγαν σε ένα τραπέζι και κάθισαν να περιμένουν τη σερβιτόρα. Δεν χρειάστηκε να περιμένουν πολύ.

"Γεια σου, Βάλερι, ποιος είναι ο τύπος;" ρώτησε η σερβιτόρα.

"Γεια σου, Νταϊάν. Ο τύπος είναι ο φίλος μου ο Μάρκους. Μάρκους, αυτή είναι η Νταϊάν. Η Νταϊάν και εγώ πηγαίναμε μαζί σχολείο", είπε η Βάλερι.

"Γεια σου, Νταϊάν. Χάρηκα για τη γνωριμία", είπε ευγενικά ο Μάρκους.

"Τι θα πάρετε;" ρώτησε η Νταϊάν.

"Έφτιαξε η Λίντα μια κατσαρόλα γκάμπο;" ρώτησε η Βάλερι.

"Ναι, σιγοβράζει στη σόμπα", απάντησε η Νταϊάν.

"Αυτό θέλω κι εγώ, με ένα ποτήρι παγωμένο τσάι", απάντησε η Valerie.

"Θα πάρω το ίδιο", είπε ο Μάρκους.

"Έρχομαι αμέσως", είπε η Νταϊάν καθώς έπαιρνε τα μενού και έφευγε. . Επέστρεψε σε λίγα λεπτά με τις παραγγελίες τους.

"Κάτι μυρίζει ωραία", παρατήρησε ο Μάρκους.

"Ναι", είπε η Βάλερι. "Η Λίντα φτιάχνει το καλύτερο γκούμπο στην περιοχή. Πάντα υπάρχει πολύς κόσμος εδώ όταν μαθευτεί ότι μαγειρεύουν γκούμπο. Νομίζω ότι ο κόσμος το μυρίζει σε όλη την πόλη και σπεύδει να το πάρει πριν τελειώσει".

Χαμογέλασε στον Μάρκους και βούτηξε το κουτάλι της στο γκούμπο της για να απολαύσει την πρώτη μπουκιά. Αναστέναξε με έναν μεγάλο αναστεναγμό και ο Μάρκους γέλασε με την έκφρασή της, αλλά σύντομα απολάμβανε το δικό του γκούμπο με παρόμοια έκφραση. Δεν μίλησαν για λίγα λεπτά. Απολάμβαναν και οι δύο το φαγητό τους.

Η Βάλερι κοίταξε τον Μάρκους και χαμογέλασε. "Ξέρεις, αν λέγαμε σε κανέναν πώς γνωριστήκαμε, δεν θα μας πίστευαν", είπε. "Εκπλήσσομαι που το πιστεύεις καθόλου. Θα πίστευα, αφού είσαι γιατρός, ότι θα ήσουν πιο επιφυλακτικός". Κοίταξε διερευνητικά τον Μάρκους.

"Πιθανότατα θα το έκανα πριν από μερικούς μήνες", απάντησε ο Μάρκους.

"Τι συνέβη πριν από λίγους μήνες και άλλαξες τον τρόπο σκέψης σου;" ρώτησε η Valerie.

"Λοιπόν, είχα αυτούς τους δύο ασθενείς. Και οι δύο ήταν σε κώμα. Η κοπέλα είχε πάθει ατύχημα και ο άντρας είχε ανεύρυσμα. Όταν ξύπνησαν, είπαν ότι είχαν γνωριστεί ενώ βρίσκονταν σε κώμα και ερωτεύτηκαν. Τους έκανα όλες τις εξετάσεις και είναι μια χαρά. Οι νοσοκόμες ορκίζονται στη μαγεία του έρωτα. Πήγα στο γάμο τους την περασμένη εβδομάδα. Είναι πολύ ευτυχισμένοι".

"Αυτό είναι καταπληκτικό", είπε η Βάλερι. Κοιτούσε τον Μάρκους με ορθάνοιχτα μάτια, καθώς εκείνος έλεγε την ιστορία του. "Δεν τα επινόησες όλα αυτά; Πραγματικά συνέβη;"

"Ναι, συνέβη πραγματικά. Έγινα φίλος και με τις δύο οικογένειες. Ίσως σου δοθεί η ευκαιρία να τους γνωρίσεις. Ξέρω ότι θα το ήθελαν πολύ. Είναι πολύ φιλικές οικογένειες".

"Θα ήθελα να τους γνωρίσω", είπε η Βάλερι, "όταν οι γονείς μου επιστρέψουν από την Ιταλία, ώστε να μπορέσω να φύγω για μια επίσκεψη".

Η Βάλερι και ο Μάρκους ήταν τόσο απορροφημένοι από τον εαυτό τους και τη συζήτησή τους, που δεν είχαν προσέξει ότι κάποιος πλησίαζε το τραπέζι τους.

"Γεια σας." Η Βάλερι και ο Μάρκους κοίταξαν ξαφνιασμένοι από τη διακοπή.

"Γεια σας, Δρ Στηλ", χαιρέτησε η Βάλερι με ένα σύντομο χαμόγελο.

"Σας είδα εδώ και σκέφτηκα να δω τι κάνετε", απάντησε ο Δρ Στηλ.

"Είμαι μια χαρά. Αυτός είναι ο φίλος μου, ο Μάρκους. Μάρκους, αυτός είναι ο Δρ. Στηλ".

"Δρ Ντρέηκ", απάντησε ο Δρ Στηλ ξαφνιασμένος. Άπλωσε το χέρι του στον Μάρκους: "Χαίρομαι που σας γνωρίζω. Θέλω να σας ευχαριστήσω και πάλι που με καλέσατε".

Ο Μάρκους έδωσε το χέρι του στον Δρ Στηλ και έγειρε στην καρέκλα του. "Χαίρομαι που μπόρεσα να βοηθήσω. Η Βάλερι είναι πολύ σημαντική για μένα", είπε, κοιτάζοντας με αγάπη τη Βάλερι.

"Πόσο καιρό θα μείνετε στην πόλη;" ρώτησε ο Δρ Στηλ.

Ο Μάρκους κοίταξε τον γιατρό διερευνητικά. "Πώς ήξερες ότι ήμουν από άλλη πόλη;"

"Οι νοσοκόμες μου σας έψαξαν στο διαδίκτυο. Είπαν ότι μένεις στο Ντέντον και ότι είσαι πολύ ωραίος. Νομίζω ότι έχεις αποκτήσει μερικούς θαυμαστές", είπε χαμογελώντας ο Δρ Στηλ.

Η Βάλερι γέλασε. "Είναι κούκλος, αλλά είναι ο δικός μου κούκλος. Πες στις νοσοκόμες σου ότι είναι πιασμένος". Η Βάλερι έσφιξε το χέρι του Μάρκους. Ο Μάρκους της χαμογέλασε.

"Θα τους το πω οπωσδήποτε", συμφώνησε ο Δρ Στηλ. "Θα σας αφήσω να επιστρέψετε στο γεύμα σας. Όποτε θέλετε να σας ξεναγήσω στο νοσοκομείο, πείτε μου. Θα σας ξεναγήσω", διαβεβαίωσε τον Μάρκους, ο οποίος ένευσε συμφωνώντας.

"Λοιπόν", είπε η Βάλερι, "πρέπει να γνωρίσεις τον ΔρΣτηλ. Τι γνώμη έχεις γι' αυτόν;"

"Νομίζω ότι χαίρομαι που δεν είσαι πλέον ασθενής του. Είναι πολύ όμορφος. Θέλω την προσοχή σου στη σχέση μας. Δεν θέλω κάποιος άλλος να σου αποσπάσει την προσοχή", απάντησε σοβαρά.

Η Βάλερι έσφιξε το χέρι του. "Δεν χρειάζεται να ανησυχείς. Δεν έχω νιώσει ποτέ για κανέναν άλλον όπως νιώθω από τότε που σε γνώρισα. Ακόμα και πριν γνωριστούμε, ένιωθα έτσι. Είμαστε αδελφές ψυχές", απάντησε σοβαρά.

"Ναι, είμαστε", συμφώνησε ο Μάρκους.

Ο Μάρκους κοίταξε γύρω του. Το εστιατόριο είχε αδειάσει καθώς οι άνθρωποι τελείωναν τα γεύματά τους και έφευγαν. "Πάμε να φύγουμε από εδώ", παρότρυνε τη Βάλερι.

Η Βάλερι συμφώνησε χαμογελώντας. Άφησε κάτω την πετσέτα της και σηκώθηκε καθώς ο Μάρκους άφησε κάποια χρήματα για τη σερβιτόρα. Είχε ήδη πληρώσει τον λογαριασμό τους. Τα χέρια τους ενώθηκαν αυτόματα καθώς ξεκίνησαν για την πόρτα. Ο Μάρκους την τράβηξε πιο κοντά καθώς επέστρεφαν στο εμπορικό κέντρο και έφταναν στο αυτοκίνητό του.

"Πρέπει να μπω σε ένα μοτέλ", είπε ο Μάρκους, όταν ξαναβγήκαν στο δρόμο. "Ξέρεις ποια είναι καλά;"

"Υπάρχει ένα ωραίο μικρό ψωμάδικο που έχει και πρωινό ακριβώς μπροστά. Η κυρία που το διευθύνει πηγαίνει στην εκκλησία μας. Νομίζω ότι είναι ωραίο μέρος. Θέλεις να το ελέγξεις;"

"Εντάξει", συμφώνησε ο Μάρκους.

"Θα έπρεπε να σε προειδοποιήσω", είπε η Βάλερι, με μια παύση. Ο Μάρκους την κοίταξε επιφυλακτικά. "Η μητέρα σου μένει εκεί".

"Ω", απάντησε ο Μάρκους. Ανασήκωσε τους ώμους του. "Δεν έχει σημασία. Υποθέτω ότι κάποια στιγμή θα πρέπει να μιλήσουμε. Δεν είναι ότι θα περάσω πολύ χρόνο εκεί".

Η Βάλερι και ο Μάρκους βγήκαν από το κατάστημα κάποια στιγμή αργότερα, αφού είχαν τακτοποιήσει τη βαλίτσα του Μάρκους στο δωμάτιό του. Κράτησε την τσάντα του γιατρού στο αυτοκίνητό του. Ο Μάρκους ήταν ευχαριστημένος με το δωμάτιό του. Ήξερε ότι θα περνούσε τον περισσότερο χρόνο του με τη Βάλερι, οπότε χρειαζόταν απλώς ένα μέρος για να κοιμηθεί. Αυτό το μέρος θα ήταν μια χαρά. Μέχρι στιγμής, δεν υπήρχε κανένα ίχνος της μητέρας του και ήταν χαρούμενος. Δεν ήταν έτοιμος να ασχοληθεί μαζί της. Του ήταν ακόμα δύσκολο να συνειδητοποιήσει ότι ήταν νονά της Βάλερι. Φαινόταν ότι είχε να καλύψει κάποια κενά. Θα το σκεφτόταν αργότερα. Αυτή τη στιγμή, θα επικεντρωνόταν μόνο στη Βάλερι. Ο χρόνος τους ήταν πολύ σύντομος. Ήδη φοβόταν που έπρεπε να την αφήσει. Δεν ήθελε καν να το σκέφτεται.

"Θα ήθελες να πάμε σινεμά;" ρώτησε.

"Προτιμώ να νοικιάσω μια ταινία και να πάω στο σπίτι μου. Μπορούμε να φτιάξουμε ποπ κορν και να αράξουμε στον καναπέ ενώ την βλέπουμε".

"Αυτό ακούγεται σαν σχέδιο. Πού θα βρούμε ταινία;"

"Υπάρχει ένα κινηματογραφικό περίπτερο μπροστά από το φαρμακείο. Μπορούμε να δούμε τι είναι διαθέσιμο". Η Βάλερι τον κατεύθυνε προς το φαρμακείο.

"Θέλω κάτι τρομακτικό, αλλά όχι πολύ τρομακτικό. Δεν θέλω να βλέπω εφιάλτες", παρατήρησε η Βάλερι.

"Ευχαρίστως να διώξω τους εφιάλτες σου", είπε ο Μάρκους. Έτριψε το μάγουλό του στα μαλλιά της και της έδωσε ένα μικρό φιλί στην κορυφή του κεφαλιού της.

Η Βάλερι του χαμογέλασε και έγειρε πιο κοντά του. Δεν θα έβλεπε εφιάλτες, μόνο καλά όνειρα, με τον Μάρκους γύρω της. Ίσως να ονειρευόταν την προηγούμενη ζωή τους. Πίστευε ακράδαντα ότι είχαν υπάρξει μαζί στο παρελθόν. Δεν ήξερε τι τους είχε χωρίσει πριν, αλλά θα φρόντιζε να μην τους χωρίσει τίποτα σε αυτή τη ζωή.

ΚΕΦΑΛΑΙΟ 9

Ο Μάρκους κοίταξε στο σαλόνι τις φωτογραφίες της οικογένειας της Βάλερι, ενώ εκείνη άνοιγε το ποπ κορν. Ο τοίχος πάνω από το τζάκι είχε μια μεγάλη οθόνη με οικογενειακές φωτογραφίες σε όλο του το μήκος. Υπήρχαν αρκετές φωτογραφίες της Βάλερι σε διάφορες ηλικίες. Χαμογέλασε. Ακόμα και με σιδεράκια, ήταν πάντα όμορφη. Μελέτησε την οικογενειακή φωτογραφία. Ήταν ένα ζευγάρι μεγαλύτερης ηλικίας. Πρέπει να είναι η μαμά και ο μπαμπάς της, σκέφτηκε. Υπήρχε ένα αγόρι, λίγο μεγαλύτερο από τη Βάλερι, και ένα άλλο κορίτσι, το οποίο υπερέβαινε τα άλλα δύο παιδιά. Περπάτησε στη σειρά μελετώντας τις φωτογραφίες καθώς προχωρούσε.

"Ορίστε το ποπ κορν", η Βάλερι έφερε ένα μεγάλο μπολ και δύο ποτήρια λεμονάδα, πάνω σε ένα δίσκο. Τα έβαλε στο τραπέζι μπροστά από τον καναπέ και γύρισε για να δει τον Μάρκους να κοιτάζει οικογενειακές φωτογραφίες.

"Αυτοί είναι ο αδελφός και η αδελφή μου", είπε, όταν είδε ποιον κοιτούσε. "Ο αδελφός μου παντρεύτηκε μια κοπέλα από τη Νέα Ζηλανδία και αποφάσισε να επιστρέψει εκεί και να εκτρέφει πρόβατα στη φάρμα που της άφησε ο πατέρας της όταν πέθανε. Η αδελφή μου είναι δικηγόρος. Ασκεί το επάγγελμά της στο Άνκορατζ της Αλάσκας. Της αρέσει πολύ εκεί πάνω, αλλά έρχεται εδώ για μια επίσκεψη περίπου μια φορά το χρόνο".

Ο Μάρκους της πήρε το χέρι και την οδήγησε στον καναπέ. "Το ποπ κορν μυρίζει υπέροχα", είπε. Κάθισε και τράβηξε τη Βάλερι δίπλα του.

Η Βάλερι πήρε το τηλεχειριστήριο και έκανε κλικ στην ταινία. Ενώ έπαιζε η προεπισκόπηση, κοίταξε σοβαρά τον Μάρκους. "Τι συμβαίνει ανάμεσα σε σένα και τη μαμά σου; Δεν ήξερες καν ότι είχε βαφτιστήρα". Κοίταξε τον Μάρκους διερευνητικά.

"Απλά δεν την ξέρω πολύ καλά. Όταν μεγάλωνα, αυτή και ο μπαμπάς δεν ήταν ποτέ κοντά μου. Είχα νταντά και δάσκαλο. Με φρόντιζαν και μου παρείχαν ό,τι χρειαζόμουν. Η μόνη φορά που έβλεπα τους γονείς μου ήταν όταν έκαναν πάρτι. Με έβγαζαν έξω και με παρουσίαζαν στην οθόνη. Πήγα στο κολέγιο και έμεινα μακριά όσο περισσότερο μπορούσα. Είχαμε μια μεγάλη διαφωνία τότε και δεν ξαναγύρισα. Δεν έχω δει κανέναν τους εδώ και δύο χρόνια. Κανείς τους δεν μου είπε τίποτα από όσα συνέβαιναν στη ζωή τους. Έφτιαξα τη ζωή μου στο Ντέντον. Εκεί ήμουν πιο ευτυχισμένη από οπουδήποτε αλλού και έκανα μερικούς σπουδαίους φίλους. Τώρα έχω εσένα".

Ο Μάρκους πήρε το πρόσωπό της στα χέρια του και έσκυψε για ένα φιλί. Το φιλί σύντομα έγινε πιο έντονο, καθώς η Βάλερι συνεργάστηκε πλήρως. Ήταν πεινασμένη για τα φιλιά του. Του έβγαλε το πουκάμισο και έτρεξε τα χέρια της πάνω-κάτω στην πλάτη του. Ένιωθε υπέροχα. Ο Μάρκους έτριβε τα χέρια του στους ώμους και την πλάτη της, ενώ καταβρόχθιζε το στόμα της.

Η Βάλερι βογκούσε. Ξάπλωσε στην αγκαλιά του Μάρκους και τον φίλησε με ενθουσιασμό. Η ταινία έπαιζε ξεχασμένη. Είχαν πολύ πιο σημαντικά πράγματα στο μυαλό τους, τώρα.

Ο Μάρκους μετακίνησε το πρόσωπό του στο πλάι για να τους δώσει χώρο να αναπνεύσουν. Δεν μετακίνησε τα χέρια του. Συνέχισε να κρατάει τη Βάλερι κοντά του. Μπορούσε να ακούσει την καρδιά της να χτυπάει γρήγορα, σχεδόν όσο γρήγορα χτυπούσε και η δική του. Τον τρόμαζε η σκέψη ότι μπορεί να μην είχαν συναντηθεί ποτέ, εκτός από ένα τσίμπημα μέλισσας.

"Θα είχαμε συναντηθεί. Ήταν μοιραίο", είπε η Βάλερι, απαντώντας στη σκέψη του που δεν εκφράστηκε.

"Διαβάζεις το μυαλό σου τώρα;", πείραξε ο Μάρκους.

"Όχι, απλά φαίνεται να ξέρω πώς αισθάνεσαι. Σε αγαπώ. Ξέρω ότι αυτό είναι γρήγορο, αλλά ξέρω ότι ανήκουμε μαζί. Νιώθω σαν να σε ξέρω από πάντα. Πιστεύω ακράδαντα ότι είμαστε αδελφές ψυχές".

"Κι εγώ σ' αγαπώ. Ξέρω τι εννοείς. Από τότε που άκουσα τη φωνή σου, ανυπομονούσα να φτάσω κοντά σου. Ήταν σαν κάτι να με ανάγκαζε να βιαστώ... Πιστεύω ότι είμαστε κι εμείς αδελφές ψυχές. Δεν πρόκειται ποτέ να σε αφήσω να φύγεις. Θα βρούμε μια λύση, γιατί αρνούμαι να είμαι χωρίς εσένα".

Ο Μάρκους τη φίλησε για λίγο. Την κοίταξε στο πρόσωπό της και της χάιδεψε τα μαλλιά.

"Ανήκουμε μαζί", απάντησε.

"Ναι", συμφώνησε η Βάλερι. Αγκάλιασε σφιχτά

τον Μάρκους και έσφιξε το πρόσωπό της στο στήθος του. Ένιωθε τόσο όμορφα. Δεν ήθελε να τον αφήσει, ούτε καν για να δει την ταινία ή να φάει ποπ κορν. Η ταινία έκανε καλό υπόβαθρο καθώς αγκαλιάζονταν και φιλιόντουσαν κι άλλο.

Όταν άκουσαν τους ήχους για το τέλος της ταινίας, ο Μάρκους κοίταξε την τηλεόραση. "Καλύτερα να σε αφήσω να κοιμηθείς λίγο. Είναι αργά. Τι θέλεις να κάνεις αύριο;" Ο Μάρκους απομακρύνθηκε και άρχισε να σηκώνεται. Άπλωσε το χέρι της Βάλερι και την τράβηξε κι εκείνη στα πόδια της.

"Δεν με νοιάζει", είπε η Βάλερι. "Θέλω απλώς να είμαι μαζί σου. Κάτι θα σκεφτούμε αύριο".

"Εντάξει", συμφώνησε ο Μάρκους.

Περπάτησαν προς την πόρτα και σταμάτησαν για ένα ακόμη παρατεταμένο φιλί. "Κλείδωσε την πόρτα πίσω μου και θα σε δω αύριο", ο Μάρκους τη φίλησε για λίγο στη μύτη.

"Εντάξει", συμφώνησε η Βάλερι. "Τηλεφώνησέ μου όταν φτάσεις στο μοτέλ σου.".

"Θα το κάνω. Καληνύχτα. Να με ονειρευτείς απόψε. ", ο Μάρκους βγήκε από την πόρτα. Σταμάτησε για να περιμένει να ακούσει τον ήχο της κλειδαριάς να γυρίσει πριν πάει στο αυτοκίνητό του. Οδήγησε προς το μοτέλ. Δεν υπήρχε κανείς όταν μπήκε μέσα, οπότε πήγε κατευθείαν στο δωμάτιό του. Βγάζοντας τα παπούτσια του, ξάπλωσε στο κρεβάτι και τηλεφώνησε στη Βάλερι.

"Γεια σου", είπε η Βάλερι.

"Γεια σου, μου λείπεις ήδη", είπε ο Μάρκους.

"Κι εμένα μου λείπεις. Είδες τη μαμά σου;"

"Όχι, δεν υπήρχε κανείς τριγύρω όταν μπήκα. Πήγα κατευθείαν στο δωμάτιό μου", ο Μάρκους κοίταξε το δωμάτιο καθώς συνομιλούσε με τη Βάλερι. Ήταν ένα ωραίο δωμάτιο. Λίγο παλιομοδίτικο, αλλά ωραίο. Σίγουρα δεν ήταν αυτό που είχε συνηθίσει η μαμά του. Αναρωτήθηκε τι έκανε εδώ. Θα έπρεπε να της μιλήσει το πρωί και να μάθει.

"Σ' αγαπώ", είπε ο Μάρκους.

"Κι εγώ σ' αγαπώ", είπε η Βάλερι. "Κοιμήσου λίγο. Θα σε δω το πρωί".

"Καληνύχτα", είπε ο Μάρκος.

"Καληνύχτα", ψιθύρισε η Βάλερι καθώς έκλεινε το τηλέφωνο.

Ο Μάρκους σηκώθηκε νωρίς το επόμενο πρωί. Αφού έκανε ντους και κατέβηκε για πρωινό, ανακάλυψε ότι η μητέρα του είχε ήδη σηκωθεί και καθόταν στο τραπέζι. Ήταν η μόνη εκεί, οπότε ο Μάρκους αποφάσισε ότι ίσως ήταν μια καλή στιγμή να τελειώνουν με την κουβέντα τους.

"Καλημέρα, μητέρα", χαιρέτησε ο Μάρκους.

Η Έμιλι κοίταξε γύρω της ξαφνιασμένη. Ήταν απορροφημένη στις σκέψεις της και δεν είχε αντιληφθεί την προσέγγιση του Μάρκους.

"Μάρκους, δεν ήξερα ότι θα έμενες εδώ", απάντησε η Έμιλι.

"Ναι, μόνο για δύο νύχτες. Πρέπει να επιστρέψω στο Ντέντον και στο νοσοκομείο", απάντησε ο Μάρκους. Έκανε μια παύση και τη μελέτησε, σκεπτόμενος, για μια στιγμή. Ο Μάρκους πήγε στον μπουφέ και γέμισε ένα πιάτο με μερικά φρούτα, αυγά και λουκάνικα. Κοίταξε τα μπισκότα και το τοστ και μετά αποφάσισε να δοκιμάσει ένα μπισκότο. Πήρε το πιάτο του και επέστρεψε στο τραπέζι. Γλιστρώντας σε μια καρέκλα απέναντι από τη μητέρα του, ώστε να κοιτάζονται ο ένας απέναντι στον άλλο, ο Μάρκους πήρε το πιρούνι του και άρχισε το πρωινό του.

"Γιατί εσύ και ο μπαμπάς αποφασίσατε να πάρετε διαζύγιο;" ρώτησε.

"Κατέθεσα αίτηση διαζυγίου. Είχα κουραστεί από τις απιστίες του. Η βοηθός του είναι απλά η τελευταία του γκόμενα. Υπήρχαν κι άλλες εδώ και χρόνια. Προσπάθησα να διατηρήσω το προσκήνιο και να κάνω τα στραβά μάτια, αλλά απλά βαρέθηκα τις τελευταίες του περιπέτειες. Την παρουσίαζε δημόσια σαν να μην είχα σημασία. Του είπα ότι βαρέθηκα. Θα έκανα αίτηση διαζυγίου και θα ισχυριζόμουν ότι διέπραξα μοιχεία αν μου δημιουργούσε προβλήματα. Εξάλλου, τα χρήματα με τα οποία έπαιζε όλα αυτά τα χρόνια ήταν δικά μου".

Ο Μάρκους έδειξε έκπληκτος. "Δεν ήξερα για τα χρήματα". Ανασήκωσε τους ώμους. "Ποτέ δεν το σκέφτηκα πραγματικά. Υποθέτω ότι υπέθεσα ότι ο παππούς τον βοήθησε να ξεκινήσει".

"Ο παππούς σου του έδωσε κάποια χρήματα. Τα έχασε όλα κερδοσκοπώντας. Στη συνέχεια χρησιμοποίησε όσα είχε μάθει και τα χρήματά μου για να κάνει την περιουσία του. Ο παππούς σου δεν του έδωσε άλλα χρήματα. Δέσμευσε ακόμη και το καταπίστευμά σου, ώστε ο πατέρας σου να μην μπορεί να το πάρει. Ήθελε να σιγουρευτεί ότι θα είχες ένα καλό ξεκίνημα στη ζωή σου και δεν εμπιστευόταν τον πατέρα σου".

"Καταλαβαίνω", είπε ο Μάρκος σκεπτόμενος. "Αναρωτιόμουν γι' αυτό. Χαίρομαι που το έκανε. Δεν νομίζω ότι ο μπαμπάς ήταν πολύ ευχαριστημένος με τις επιλογές μου. Δεν ξέρω πόσα προβλήματα θα μου είχε δημιουργήσει αν είχε τον έλεγχο των χρημάτων μου".

"Ναι", συμφώνησε η Έμιλι. Κοίταξε τον Μάρκους σκεπτόμενη. "Θέλω να σου πω πόσο περήφανη είμαι για σένα και για όλα όσα έχεις καταφέρει. Ξέρω ότι δεν ήμουν εκεί για σένα και ότι έκανα τη λάθος επιλογή να ακολουθήσω τον μπαμπά σου, αλλά χαίρομαι που υπερασπίστηκες τον εαυτό σου και έκανες αυτό που ήταν σωστό για σένα".

"Γιατί μένεις εδώ στο Ρόλινγκ Φορκ;" ρώτησε ο Μάρκους.

"Ήρθα εδώ επειδή η μητέρα της Βάλερι, η Μέλανι, είναι η καλύτερή μου φίλη. Ήμασταν συγκάτοικοι στο κολέγιο και έχουμε μείνει σε επαφή. Ήταν η κουμπάρα μου στο γάμο μου και εγώ ήμουν η κουμπάρα της. Στη συνέχεια μου ζήτησε να γίνω νονά της Βάλερι. Έτσι, όταν αποφάσισα να χωρίσω τον πατέρα σου, μετακόμισα εδώ, όπου θα ήμουν κοντά στη Μέλανι. Ψάχνω για ένα σπίτι να αγοράσω. Μέχρι στιγμής δεν έχω βρει τίποτα, αλλά ψάχνει ένας μεσίτης".

"Καταλαβαίνω", είπε ο Μάρκος σκεπτόμενος.

Και οι δύο διέκοψαν τη συζήτησή τους για να φάνε. Το φαγητό ήταν πολύ καλό. Ο Μάρκος τελείωσε το πιάτο του και ήπιε το χυμό του. Απομακρύνθηκε από το τραπέζι και άρχισε να σηκώνεται.

"Είναι κάτι σοβαρό ανάμεσα σε σένα και τη Βάλερι;" ρώτησε η Έμιλι.

"Ναι", απάντησε σύντομα.

"Κατάλαβα", είπε η Έμιλι. Χαμογέλασε. "Λοιπόν, δεν θα σε κρατήσω άλλο. Εσύ και η Βάλερι να περάσετε καλά σήμερα".

"Σε ευχαριστώ. Θα το κάνουμε", απάντησε ο

Μάρκους. "Χαίρομαι που μιλήσαμε. Θα σε δω αργότερα".

Ο Μάρκους βγήκε βιαστικά στο αυτοκίνητό του. Δεν ήξερε πώς ένιωθε για όλες αυτές τις πληροφορίες από τη μητέρα του. Είχε περάσει πολύς καιρός και είχε ξεπεράσει την ανάγκη της έγκρισής της. Δεν ήθελε να τη σκέφτεται τώρα. Ήθελε να επικεντρωθεί στη Βάλερι. Μια μέρα ακόμα και θα επέστρεφε στο νοσοκομείο. Ο Μάρκους αναστέναξε. Θα ήταν σαν να τραβούσε την καρδιά του για να είναι μακριά από τη Βάλερι. Σκεφτόταν ήδη πότε θα μπορούσε να ξαναφύγει ή πότε θα μπορούσε να έρθει να τον επισκεφτεί. Ήξερε ότι δεν θα μπορούσε να φύγει μέχρι να επιστρέψουν οι δικοί της από την Ιταλία.

Ο Μάρκους σταμάτησε στο δρόμο της Βάλερι και βγήκε από το αυτοκίνητό του. Σκεφτόταν τόσο βαθιά, που έφτασε εκεί γρήγορα. Περπάτησε προς την πόρτα, αλλά η Βάλερι την άνοιξε πριν χτυπήσει το κουδούνι. Πήγε κατευθείαν στην αγκαλιά του και σήκωσε το πρόσωπό της για το φιλί του.

"Μου έλειψες", αναστέναξε.

"Κι εμένα μου έλειψες", είπε ο Μάρκους καθώς έριχνε φιλιά σε όλο το πρόσωπο και το λαιμό της.

Η Βάλερι απομακρύνθηκε ελαφρώς, τον τράβηξε μέσα και έκλεισε την πόρτα. Έσφιξε τα χέρια της γύρω του και συνέχισε να φιλάει το πρόσωπο και το πηγούνι του.

"έχεις φάει;" ψιθύρισε η Βάλερι.

"Ναι, έφαγα όσο μιλούσαμε με τη μαμά. Είχαμε μια καλή συζήτηση. Ίσως, μετά από λίγο καιρό, να μπορέσουμε να έρθουμε πιο κοντά", συνέχισε ο Μάρκους να φιλάει τη Βάλερι καθώς μιλούσε.

"Χαίρομαι", είπε η Βάλερι. Ήταν λίγο απορροφημένη και δεν έδινε σημασία σε τίποτα άλλο εκτός από το να φιλάει και να είναι όσο πιο κοντά στον Μάρκους μπορούσε.

"Θέλεις να πάμε για πικνίκ;" ρώτησε η Βάλερι.

Ο Μάρκους απομακρύνθηκε ελαφρώς και κοίταξε τη Βάλερι. "Ναι", απάντησε. "Ένα πικνίκ ακούγεται καλή ιδέα. Μπορούμε να μείνουμε μόνοι μας. Δεν θέλω πραγματικά να βρίσκομαι με πολύ κόσμο αυτή τη στιγμή. Έχουμε τόσο λίγο χρόνο. Θέλω απλώς να μείνω μόνος μαζί σου".

"Κι εγώ", είπε η Βάλερι. "Υπάρχει μια λίμνη ακριβώς βόρεια από εδώ. Είναι κοντά στον ινδιάνικο καταυλισμό. Έχει μερικά τέλεια μέρη για πικνίκ και πιθανότατα θα είναι έρημη σήμερα. Οι περισσότεροι άνθρωποι θα είναι στη δουλειά".

"Ακούγεται τέλειο", συμφώνησε ο Μάρκους. "Χρειάζεσαι βοήθεια για να ετοιμαστείς;"

Η Βάλερι χαμογέλασε. "Έχω τα πάντα έτοιμα. Ήμουν σίγουρη ότι θα σου άρεσε η ιδέα".

"Εγώ ξέρω. Μου αρέσει πολύ η ιδέα", συμφώνησε ο Μάρκους, δίνοντάς της ένα τελευταίο φιλί στην άκρη της μύτης της πριν απομακρυνθεί για να βοηθήσει με τις προμήθειες του πικνίκ.

Ο Μάρκους και η Βάλερι φόρτωσαν ένα μεγάλο καλάθι για πικνίκ, γεμάτο με φαγητό, ποτά, ποτήρια και σκεύη, στο πορτμπαγκάζ του αυτοκινήτου του Μάρκους. Η Βάλερι πρόσθεσε ένα μεγάλο πάπλωμα και ήταν έτοιμοι να φύγουν.

ΚΕΦΆΛΑΙΟ 10

Η Βάλερι έδωσε οδηγίες καθώς περνούσαν μέσα από την πόλη και έφταναν στην εθνική οδό. Τον κατεύθυνε στη στροφή που πήγαινε βόρεια προς τη λίμνη. Ήταν μια όμορφη μέρα. Ο Μάρκους κατέβασε τα παράθυρα και απόλαυσαν και οι δύο τον ζεστό άνεμο που φυσούσε στα μαλλιά τους. Η Βάλερι σήκωσε το πρόσωπό της και γέλασε στον άνεμο. Ο Μάρκους χαμογέλασε ως απάντηση.

Έφτασαν στη στροφή προς τη λίμνη και προχώρησαν προς τον χώρο του πικνίκ.

"Η γη στα δεξιά ανήκει στον ινδιάνικο καταυλισμό", εξήγησε η Βάλερι.

Ο Μάρκους κοίταξε για λίγο, αλλά κράτησε την προσοχή του στο δρόμο. Δεν ήταν εξοικειωμένος με την περιοχή και δεν ήθελε να έχει καμία ατυχία.

Βρήκαν ένα ωραίο σημείο κοντά στο νερό και το διεκδίκησαν για τον εαυτό τους. Το μέρος φαινόταν έρημο. Η Βάλερι έστρωσε την κουβέρτα, αλλά όταν άρχισε να φέρνει το φαγητό, ο Μάρκους τη σταμάτησε. "Ας πάμε πρώτα μια βόλτα. Μπορούμε να μας ανοίξει η όρεξη", είπε ο Μάρκους.

"Εντάξει", συμφώνησε η Βάλερι.

Ο Μάρκους την έπιασε από το χέρι και άρχισαν να περπατούν κατά μήκος της ακτής. Οποιαδήποτε άλλη στιγμή, η Βάλερι θα μάζευε πέτρες ή κοχύλια, αλλά ήθελε να μείνει κοντά στον Μάρκους. Δεν άντεχε να μην τον αγγίζει.

Ο Μάρκους είχε τον ίδιο τρόπο. Έπρεπε να νιώσει τη Βάλερι κοντά του. Ήταν σαν καταναγκασμός γι' αυτόν. Κοίταζε το πρόσωπό της και αναρωτιόταν πώς είχε επιβιώσει ποτέ χωρίς αυτήν. Του είχε γίνει τόσο αγαπητή μέσα σε τόσο σύντομο χρονικό διάστημα.

Σταμάτησαν και είδαν έκπληκτοι μια ηλικιωμένη Ινδιάνα να κάθεται στην όχθη και να ψαρεύει. Τους χαμογέλασε καθώς πλησίασαν.

"Γεια σας", χαιρέτησε η Βάλερι. "Πιάνεις καθόλου ψάρια;"

"Ναι", είπε η γυναίκα. "Τσιμπάνε πολύ καλά. Θα έχουμε ψάρια απόψε". Η γυναίκα τα κοίταξε για ένα λεπτό και μετά χαμογέλασε ξανά. "Χαίρομαι που ξαναβρήκατε ο ένας τον άλλον. Ελπίζω όλα να πάνε καλά αυτή τη φορά".

Έκπληκτος, ο Μάρκους απλώς την κοίταξε. Η Βάλερι χαμογέλασε. "Τι εννοείς;" ρώτησε ο Μάρκους.

"Κάθε φορά που βρίσκατε ο ένας τον άλλον μέσα από τις διαφορετικές ζωές σας, πάντα κάτι παρεμβαλλόταν και σας κρατούσε μακριά. Ελπίζω να καταφέρετε να μείνετε μαζί αυτή τη φορά".

Ο Μάρκους έμεινε άφωνος. Η Βάλερι συνέχισε να χαμογελάει. "Αυτή τη φορά θα τα καταφέρουμε", υποσχέθηκε.

"Γεια σας. Εδώ είσαι, γιαγιά", είπε μια φωνή.

Ο Μάρκους και η Βάλερι κοίταξαν ψηλά και είδαν ξαφνιασμένοι τον Δρ Στηλ να έρχεται προς το μέρος τους. Χαμογέλασε και τους χαιρέτησε. Αγκάλιασε με στοργή τη γιαγιά του.

"Γιαγιά, αυτή είναι η ασθενής μου Βάλερι Μέησον και ο φίλος της Δρ Μάρκους Ντρέηκ. Μάρκους, Βάλερι, αυτή είναι η γιαγιά μου, το Φεγγάρι που Περπατάει".

"Δεν ήξερα ότι είσαι Ινδιάνος", είπε η Βάλερι χαμογελώντας. "Υποθέτω ότι θα έπρεπε, αλλά δεν μου πέρασε ποτέ από το μυαλό".

"Η μητέρα μου είναι κόρη του Φεγγαριού που Περπατάει. Ο πατέρας μου είναι λευκός. Η γιαγιά μου είναι η γιατρός της φυλής. Υποθέτω ότι αυτή είναι ο λόγος που έγινα γιατρός", απάντησε ο Δρ Στηλ.

"Μας είπε απλώς ότι είχαμε ζήσει άλλες ζωές πριν από αυτή και δεν καταφέραμε να μείνουμε μαζί", είπε η Βάλερι. .

"Μπορείτε να πιστέψετε ό,τι λέει. Έχει την όραση", απάντησε σοβαρά ο Δρ Στηλ.

"Δηλαδή, την πιστεύεις;" είπε ο Μάρκους.

"Ναι", επιβεβαίωσε ο ΔρΣτηλ. Έχει πάντα δίκιο με τις προβλέψεις της. Η φυλή πάντα βασιζόταν σε αυτήν για καθοδήγηση".

"Αυτό είναι υπέροχο", είπε η Βάλερι. Κοίταξε τον Μάρκους και του έσφιξε το χέρι. "Σου είπα ότι είμαστε αδελφές ψυχές".

Ο Μάρκους χαμογέλασε και της έσφιξε το χέρι. "Ναι, το είπες ", συμφώνησε.

"Είσαι έτοιμη να φύγεις, γιαγιά; Θα σε βοηθήσω να καθαρίσεις αυτά τα ψάρια, αν τα μοιραστείς μαζί μου", παρότρυνε ευγενικά τη γιαγιά του ο δρ Στηλ.

"Ναι, είμαι έτοιμη . Είσαι πάντα ευπρόσδεκτος να μοιραστείς το τραπέζι μου, Λύκε Που Τρέχει. ".

Ο Δρ Στηλ έδειχνε αμήχανος, αλλά περήφανος που τον αποκαλούσαν με το ινδιάνικο όνομά του.

Η γιαγιά κοίταξε τη Βάλερι και τον Μάρκους. "Χαίρομαι που σας γνωρίζω και τους δύο. Κρατηθείτε σφιχτά ο ένας από τον άλλον. Εσείς οι δύο μοιράζεστε το όνειρο της αγάπης. Μην αφήσετε τίποτα να σας χωρίσει". Η γιαγιά δεν περίμενε απάντηση από αυτούς, αλλά έβγαλε τη σειρά των ψαριών της από το νερό και έφυγε για να βρει το δρόμο για το σπίτι της.

Ο ΔρΣτηλ είπε αντίο και ακολούθησε γρήγορα τη γιαγιά του.

Ο Μάρκους και η Βάλερι αγκαλιάστηκαν για ένα λεπτό πριν επιστρέψουν στο πικνίκ τους.

Ο Μάρκους και η Βάλερι επέστρεψαν στο πάπλωμά τους και κάθισαν για λίγο σε αυτό πριν βγάλουν το καλάθι του πικνίκ. Ο Μάρκους κάθισε και τράβηξε τη Βάλερι στην αγκαλιά του. Πέρασαν αρκετά λεπτά αγκαλιάζοντας ο ένας τον άλλον και σκεπτόμενοι τα πράγματα που είχε πει ο Moon Walking. Η Βάλερι χαμογέλασε στον Μάρκους.

"Θα είμαστε μαζί. Δεν θα αφήσουμε κανέναν να μας χωρίσει. Ξέρω ότι έχουμε προβλήματα να ξεπεράσουμε, αλλά θα τα λύσουμε. Το υπόσχομαι", ψιθύρισε καθώς χάιδευε το πρόσωπό του.

"Αρνούμαι να σκεφτώ καν να μην σε έχω στη ζωή μου", ο Μάρκους την κράτησε κοντά του και δήλωσε: "Ανήκουμε μαζί".

Ο Μάρκους τη φίλησε για πολύ και βαθιά. Η Βάλερι δεν διαμαρτυρήθηκε. Συμμετείχε πλήρως. Μετά από ένα μακρύ και ικανοποιητικό φιλί, ο Μάρκους πήρε το καλάθι του πικνίκ από το αυτοκίνητο και έφαγαν όλα τα καλούδια που είχε ετοιμάσει η Βάλερι για το μεσημεριανό τους γεύμα.

Τελείωσαν το φαγητό και καθάρισαν, μετά έβαλαν το καλάθι στο αυτοκίνητο και ξαπλώθηκαν στο πάπλωμα για να ξεκουραστούν λίγο πριν επιστρέψουν στο σπίτι. Κανένας από τους δύο δεν βιαζόταν να φύγει από το σημείο για το σπίτι. Ήθελαν να μείνουν μόνοι τους και να απολαύσουν την παρέα τους. Η ώρα που ο Μάρκους έπρεπε να φύγει πλησίαζε. Κανείς τους δεν ήθελε να το σκέφτεται. Τελικά, καθώς είχε αρχίσει να σκοτεινιάζει, σηκώθηκαν και πήγαν το πάπλωμα στο αυτοκίνητο πριν ξεκινήσουν για το σπίτι της Βάλερι.

Για τον Μάρκους, το ταξίδι ήταν πολύ σύντομο. Έφτασαν στο σπίτι της Βάλερι πολύ γρήγορα. Βγήκαν από το αυτοκίνητο με τον Μάρκους να κουβαλάει το καλάθι του πικνίκ και τη Βάλερι το πάπλωμα, και μετά μπήκαν στο σπίτι. Ο Μάρκους πήγε το καλάθι στην κουζίνα και η Βάλερι άφησε το πάπλωμα στο πλυντήριο. Όταν ο Μάρκους άρχισε να αδειάζει το καλάθι, η Βάλερι έπιασε το χέρι του.

"Θα το καθαρίσω αργότερα", είπε. Του τράβηξε το χέρι και τον οδήγησε στο σαλόνι. Μόλις έφτασε εκεί, κάθισε στον καναπέ και έκανε νόημα στον Μάρκους να την ακολουθήσει. Ο Μάρκους εγκαταστάθηκε πίσω της και την τράβηξε με την πλάτη πάνω του. Την αγκάλιασε σφιχτά και έτριψε το μάγουλό του στο κεφάλι της.

"Τα μαλλιά σου μυρίζουν ωραία", είπε. "Θα μπορούσα να κάτσω εδώ όλη νύχτα, κρατώντας σε κοντά μου".

"Κι εγώ." Γύρισε ελαφρά για να τον κοιτάξει στο πρόσωπό του.

"Μόλις γυρίσουν οι γονείς μου, θα πάρω άδεια για να έρθω στο Ντέντον. Θέλω να δω πού μένεις. Θέλω να γνωρίσω τους φίλους σου, αλλά πάνω απ' όλα- θέλω απλώς να είμαι μαζί σου".

"Το θέλω κι εγώ αυτό. Θα μου λείψεις τρελά. Αν μπορούσα να πάρω άδεια, θα ήμουν εδώ περισσότερο. Το νοσοκομείο είναι πολύ απασχολημένο τώρα. Έχουμε μερικούς γιατρούς ελεύθερους. Ο ένας είναι άρρωστος και ο άλλος είχε ένα οικογενειακό επείγον περιστατικό. Θα πρέπει να σε ενημερώσω πότε θα μπορέσω να πάρω κι άλλο ρεπό". Ο Μάρκους αναστέναξε. Δεν ήθελε να αφήσει τη Βάλερι. Είχε γίνει η ζωή του σε τόσο σύντομο χρονικό διάστημα. Ίσως όλοι είχαν δίκιο. Ίσως είχαν γνωριστεί σε μια άλλη ζωή. Λοιπόν, δεν είχε σημασία τι είχε συμβεί στους προηγούμενους χρόνους ζωής. Αυτό ήταν το τώρα, και δεν επρόκειτο να χάσει τη Βάλερι.

~

Ο Μάρκους ξύπνησε αργά. Ήταν ακόμα στον καναπέ, κρατώντας τη Βάλερι σφιχτά στην αγκαλιά του. Πρέπει να είχαν αποκοιμηθεί. Κοίταξε τα παράθυρα και το φως έμπαινε μέσα από αυτά. Δεν ήθελε να κουνηθεί. Έσφιξε το χέρι του γύρω από τη Βάλερι και την κράτησε σφιχτά. Δεν την ξύπνησε. Ήθελε απλώς να την κρατάει στην αγκαλιά του. Θα έπρεπε να φύγει γύρω στο μεσημέρι και ήξερε ότι η αγκαλιά του θα ήταν τόσο άδεια χωρίς τη Βάλερι.

Η Βάλερι ξύπνησε αργά. Κοίταξε τον Μάρκους.

"Ένα κορίτσι θα μπορούσε να το συνηθίσει αυτό", είπε πειράζοντας.

"Όποτε θέλεις να κοιμηθείς στην αγκαλιά μου, θα σε περιμένουν", ο Μάρκους έτριψε το πρόσωπό του στα μαλλιά της και τον φίλησε στην κορυφή του κεφαλιού της.

"Μάλλον μας πήρε ο ύπνος", χασμουρήθηκε η Βάλερι. "Ω, Θεέ μου!" Κάλυψε το στόμα της με το χέρι της.

Ο Μάρκους απλώς χαμογέλασε. "Γιατί δεν πας να κάνεις ένα ντους και να αλλάξεις; Μπορούμε να πάμε στο μοτέλ και να φάμε. Εγώ πρέπει να κάνω ντους, να αλλάξω και να μαζέψω τις αποσκευές μου".

"Εντάξει", συμφώνησε η Βάλερι.

Ο Μάρκους την άφησε απρόθυμα καθώς εκείνη σηκώθηκε για να πάει να κάνει ντους.

"Δεν θα αργήσω", τον διαβεβαίωσε η Βάλερι καθώς έσκυψε για ένα γρήγορο φιλί. "Η καφετιέρα είναι έτοιμη. Θα την ανάψω καθώς θα πηγαίνω".

"Πήγαινε εσύ. Εγώ θα ανάψω τον καφέ", ο Μάρκους της έκανε νόημα να προχωρήσει.

Η Βάλερι συμφώνησε και έφυγε. Ο Μάρκους βρήκε την καφετιέρα και την άνοιξε. Ανέβηκε σε ένα σκαμνί στον πάγκο και κάθισε αναπαυτικά για να περιμένει τον καφέ.

Ο καφές ήταν έτοιμος και ο Μάρκους έβαζε δύο φλιτζάνια όταν επέστρεψε η Βάλερι. Η Βάλερι κάθισε στον πάγκο με τον Μάρκους και ήπιε μια γουλιά καφέ. "Χμμ", απολάμβανε τη μυρωδιά και τη γεύση.

Ο Μάρκος χαμογέλασε και ήπιε από το δικό του κύπελλο. "Αυτό είναι καλό", συμφώνησε με τη Βάλερι.

Μίλησαν ήσυχα ενώ τελείωναν τα ποτά τους. Ήταν και οι δύο απρόθυμοι να ξεκινήσουν γιατί ήξεραν ότι η ώρα του αποχωρισμού πλησίαζε.

Όταν άδειασαν τα φλιτζάνια τους, η Βάλερι τα πήγε στο νεροχύτη και τα ξέπλυνε. Στη συνέχεια τα άφησε στο ταψί και στράφηκε προς τον Μάρκους. "Μάλλον πρέπει να φύγουμε και να σε αφήσουμε να ετοιμαστείς", είπε απρόθυμα.

"Υποθέτω", απάντησε ο Μάρκους. "Μάλλον θα φάμε πρωινό με τη μητέρα μου. Υποθέτω ότι πρέπει να την αποχαιρετήσω".

Η Βάλερι του έπιασε το χέρι. "Ελα. Δεν θα είναι τόσο άσχημα. Θα είμαι εκεί".

"Ναι, θα το κάνεις", συμφώνησε ο Μάρκους.

Το κρεβάτι και το πρωινό ήταν μόλις λίγα λεπτά οδήγησης μακριά. Σύντομα μπήκαν από την μπροστινή πόρτα. Ο Μάρκους κοίταξε γύρω του. "Δεν βλέπω κανέναν. Μπορείτε να με περιμένετε στην τραπεζαρία. Δεν θα αργήσω", υποσχέθηκε.

Ο Μάρκους ξεκίνησε να ανεβαίνει στο δωμάτιό του και η Βάλερι στράφηκε προς την τραπεζαρία.

Η μητέρα του Μάρκου καθόταν στο τραπέζι και απολάμβανε το πρωινό της.

"Γεια σου, θεία Έμιλι", είπε η Βάλερι.

"Γεια σου, αγάπη μου. Πού είναι ο Μάρκους;"

"Πήγε να κάνει ντους και να αλλάξει. Παίρνει επίσης τη βαλίτσα του. Πρέπει να φύγει σήμερα και να επιστρέψει στη δουλειά του στο νοσοκομείο", εξήγησε η Βάλερι.

"Ω, δεν ήξερα ότι θα έφευγε τόσο σύντομα". Η Έμιλι συνοφρυώθηκε. "Ήλπιζα να έχω περισσότερο χρόνο για να του μιλήσω".

"Θα το κάνεις", απάντησε η Βάλερι. "Θα επιστρέψει. Μπορείς πάντα να κάνεις ένα ταξίδι στο Ντέντον μαζί μου όταν οι δικοί μου επιστρέψουν από την Ιταλία. Θα πάω να επισκεφτώ τον Μάρκους. Θέλω να δω την πόλη του και να γνωρίσω τους φίλους του".

Η Έμιλι κοίταξε τη Βάλερι σκεπτόμενη. "Θα μου άρεσε αυτό", απάντησε ήσυχα.

Ο Μάρκους μπήκε αθόρυβα στο δωμάτιο. Είχε αφήσει τη βαλίτσα του στην εξώπορτα.

"Γεια σου, μητέρα." Γύρισε προς τη Βάλερι και της έπιασε το χέρι. "Έλα. Γέμισε ένα πιάτο. Έχει περάσει πολύς καιρός από το χθεσινό μας πικνίκ".

"Πεθαίνω της πείνας", συμφώνησε η Valerie.

Και οι δύο έβαλαν το φαγητό στα πιάτα τους και επέστρεψαν στο τραπέζι για να καθίσουν ο ένας δίπλα στον άλλο. Ήταν αρκετά κοντά ώστε να αγγίζονται όταν κάποιος από τους δύο κουνιόταν.

Ο Μάρκους κοίταξε τη μητέρα του. "Είχες τύχη να βρεις σπίτι;"

"Όχι ακόμα, αλλά ακόμα ψάχνω. Η Βάλερι με κάλεσε να έρθω μαζί της σε μια επίσκεψη στο Ντέντον όταν επιστρέψουν οι γονείς της".

Ο Μάρκους κοίταξε τη Βάλερι και εκείνη σήκωσε τους ώμους της. Γύρισε την προσοχή του πίσω στη μητέρα του.

"Θα ήσασταν ευπρόσδεκτοι. Έχω μερικούς φίλους που θα ήθελαν πολύ να σας γνωρίσουν. Είναι σπουδαίοι άνθρωποι και καλύτεροι φίλοι".

Η Έμιλι φάνηκε ξαφνιασμένη. Δεν ήξερε τι να περιμένει όταν έφερε την ιδέα μιας επίσκεψης, αλλά ανυπομονούσε να δει πού είχε φτιάξει το σπίτι του ο Μάρκους.

Σύντομα τελείωσαν το πρωινό τους. Η Βάλερι και ο Μάρκους πήγαν τα πιάτα τους στην κουζίνα. Ο Μάρκους πήρε και το πιάτο της μητέρας του. Κοίταξε το ρολόι του. Έχω ακόμα μερικές ώρες μέχρι να φύγω. Αφήστε με να βάλω τις αποσκευές μου στο αυτοκίνητο και μπορούμε να περάσουμε από τη γκαλερί. Μπορείς να με ξεναγήσεις. Δεν είχαμε ποτέ την ευκαιρία την ημέρα που έφτασα".

"Εντάξει", συμφώνησε η Valerie.

"Αντίο, μητέρα. Θα σε δω σύντομα."

"Αντίο, Μάρκους. Να οδηγείς με ασφάλεια".

Η Έμιλι τους παρακολουθούσε από το μπροστινό παράθυρο καθώς τακτοποιούσαν τη βαλίτσα στο πορτμπαγκάζ. Ο Μάρκους άνοιξε την πόρτα του συνοδηγού για τη Βάλερι και τη βοήθησε να δέσει τη ζώνη ασφαλείας της. Έκανε κύκλο γύρω από το αυτοκίνητο και ανέβηκε στη θέση του οδηγού.

Σύντομα εξαφανίστηκαν από το οπτικό πεδίο. Η Έμιλι αναστέναξε. Ήξερε ότι είχε πολύ δρόμο μπροστά της, για να έχει σχέση με τον Μάρκους, αλλά είχε σημειωθεί κάποια πρόοδος. Απλά έπρεπε να κάνει υπομονή.

Ο Μάρκους και η Βάλερι μπήκαν σύντομα στη γκαλερί. Η Σίντι έβγαλε το κεφάλι της από το πίσω δωμάτιο για να δει ποιος είχε μπει.

"Μόνο εγώ είμαι", είπε η Βάλερι. "Σκέφτηκα να ξεναγήσω τον Μάρκους πριν φύγει".

"Γεια σας, εγώ είμαι. Περάσατε καλά στο ρεπό σας;" ρώτησε η Σίντι.

"Ω ναι. Πέρασα υπέροχα. Απλά ήταν πολύ σύντομο". Αγκάλιασε τον Μάρκους και πήρε το χέρι του για να ξεκινήσει την ξενάγηση στη γκαλερί.

Η Σίντι πήγε στο πίσω δωμάτιο και τους άφησε να περιηγηθούν. Περπάτησαν αργά τριγύρω με τη Βάλερι να δείχνει τα πράγματα που είχαν ενδιαφέρον. Υπήρχαν κάποια πράγματα που της άρεσαν ιδιαίτερα και άλλα που δεν την ενδιέφεραν. Προσπάθησε να είναι αντικειμενική, αλλά ο Μάρκους έμαθε πολλά για το γούστο της ακούγοντας.

Ο χρόνος πέρασε πολύ γρήγορα για τη Βάλερι και τον Μάρκους. Ο Μάρκους σταμάτησε και έστρεψε τη Βάλερι προς το μέρος του.

"Θα μου λείψεις. Τα χέρια μου είναι ήδη άδεια όταν σκέφτομαι ότι θα φύγω". Την τράβηξε κοντά του και τη φίλησε βαθιά. Η Βάλερι αγκάλιασε σφιχτά τον Μάρκους. Ήταν στα πρόθυρα των δακρύων, αλλά τα συγκράτησε.

"Σ' αγαπώ. Είσαι η αδελφή ψυχή μου. Θα είμαστε μαζί, σύντομα. Το υπόσχομαι." Τον αγκάλιασε σφιχτά.

Ο Μάρκους τραβήχτηκε πίσω, απαλά. "Σ' αγαπώ.

Είμαστε αδελφές ψυχές. Τίποτα και κανείς δεν θα μας χωρίσει. Θα είμαστε μαζί, σύντομα. Το υπόσχομαι". Τη φίλησε για τελευταία φορά και πήρε το χέρι της για να την οδηγήσει στο αυτοκίνητό του.

"Τηλεφώνησέ μου όταν γυρίσεις σπίτι", είπε η Βάλερι.

"Θα το κάνω", υποσχέθηκε ο Μάρκους. Τράβηξε τη Βάλερι κοντά του για ένα τελευταίο φιλί πριν μπει στο αυτοκίνητό του για να ξεκινήσει το ταξίδι της επιστροφής.

ΚΕΦΑΛΑΙΟ 11

Η Βάλερι επέστρεψε στη γκαλερί. Πήγε στο πίσω δωμάτιο για να βρει τη Σίντι. "Γεια σου, χρειάζεσαι βοήθεια;"

Η Σίντι σήκωσε το βλέμμα της από τα χαρτιά που κρατούσε στα χέρια της. "Όχι, έχω σχεδόν τελειώσει με αυτό. Ο Μάρκους τη γλίτωσε ;"

"Ναι, επιστρέφει στο Ντέντον", είπε η Βάλερι. Κοίταξε αλλού καθώς μιλούσε. Της έλειπε τόσο πολύ ο Μάρκους και αυτός μόλις είχε φύγει.

Η Σίντι παρατήρησε το σκυθρωπό πρόσωπο της Βάλερι και έψαξε να βρει άλλη χαρτούρα για να κάνει. Έδωσε τα χαρτιά στη Βάλερι. Η Βάλερι κοίταξε τα χαρτιά και μετά τη Σίντι. "Τι είναι αυτά;" ρώτησε.

"Αυτά είναι τα χαρτιά για την αυριανή αποστολή. Σκέφτηκα ότι θα μπορούσες να τα κοιτάξεις και να δεις αν μου ξέφυγε κάτι".

"Εντάξει", είπε η Βάλερι. "Ευχαριστώ, πρέπει να μείνω απασχολημένη. Δεν θα με σταματήσει από το να μου λείπει ο Μάρκους, αλλά θα μου δώσει κάτι άλλο να συγκεντρωθώ". Χαμογέλασε στη Σίντι και άρχισε να ελέγχει τα χαρτιά σε σχέση με την απογραφή.

Δούλεψαν ήσυχα, αλλά σταθερά για αρκετό καιρό. Η Βάλερι ξεχνούσε μερικές φορές να κοιτάξει το ρολόι. Η Σίντι πρόσεχε την πρόσοψη και φρόντιζε τους πελάτες. Η Βάλερι σκεφτόταν τον Μάρκους και πώς θα μπορούσαν να περνούν περισσότερο χρόνο μαζί. Ήξερε ότι ο Μάρκους είχε ιατρείο στο νοσοκομείο. Ήξερε επίσης ότι είχε ένα σπίτι. Της είχε πει γι' αυτό όταν μιλούσαν. Αναρωτήθηκε πόσο δύσκολο θα της ήταν να βρει δουλειά αν μετακόμιζε στο Ντέντον, μετά την επιστροφή των γονιών της από την Ιταλία.

Αναστέναξε. Ο Μάρκους δεν της είχε ζητήσει να μετακομίσει στο Ντέντον. Έπρεπε να τον αφήσει να καταλάβει ότι δεν ήταν αντίθετη στην ιδέα. Όταν θα πήγαινε για μια επίσκεψη, θα έπρεπε να ψάξει τριγύρω και να δει τι δουλειά θα μπορούσε να βρει.

Εν τω μεταξύ, ο Μάρκους δυσκολευόταν να συγκεντρωθεί στην οδήγηση. Το μόνο που σκεφτόταν ήταν η Βάλερι. Ήταν τόσο δύσκολο να την αποχαιρετήσει. Έπρεπε να βρουν έναν τρόπο να είναι μαζί. Το να βλέπουν ο ένας τον άλλον κάθε λίγες εβδομάδες δεν ήταν αρκετό. Έπρεπε να την έχει κοντά του. Το να είναι μακριά της ήταν σαν να του έλειπε ένα κομμάτι του εαυτού του. Το ταξίδι πέρασε γρήγορα. Σύντομα ο Μάρκους έμπαινε στο δρόμο του. Πριν καν βγει από το αυτοκίνητο, ο Μάρκους πληκτρολόγησε τον αριθμό της Βάλερι στο τηλέφωνό του. Η Βάλερι απάντησε με το πρώτο χτύπημα.

"Γεια σου, Μάρκους", απάντησε η Βάλερι.

"Γεια σου, έφτασα. Μόλις σταμάτησα μπροστά από το σπίτι μου. Μου λείπεις τόσο πολύ. Η αγκαλιά μου είναι τόσο άδεια χωρίς να είμαι κοντά σου", είπε ο Μάρκους.

"Αισθάνομαι το ίδιο. Είναι μαρτύριο να μην σε έχω

κοντά μου. Μάρκους, σκεφτόμουν. Όταν θα έρθω εκεί, αφού επιστρέψουν οι γονείς μου, πώς θα σου φαινόταν να κοιτάξω τριγύρω για να δω πώς είναι η αγορά εργασίας;" ρώτησε η Βάλερι.

"Θα μου άρεσε πολύ. Δεν ήθελα να το αναφέρω γιατί δεν ήμουν σίγουρος πώς θα ένιωθες για τη μετακόμιση. Θα το διαδώσω στους φίλους μου για να δω αν γνωρίζουν κάτι. Σ' αγαπώ. Θα ήταν υπέροχο να σε έχω εδώ". Ο Μάρκους αναστέναξε ανακουφισμένος. Η Βάλερι δεν ήταν αντίθετη στο να μετακομίσει στο Ντέντον.

" Αυτές οι επόμενες δύο εβδομάδες θα μας φανούν πολύ μεγάλες", είπε η Βάλερι.

"Ναι, θα το κάνουν", συμφώνησε ο Μάρκους. "Καλύτερα να πάρω τις αποσκευές μου μέσα και να πλυθώ. Πρέπει να παρουσιαστώ και στο νοσοκομείο. Θα σου τηλεφωνήσω απόψε. Σ' αγαπώ"

"Κι εγώ σ' αγαπώ". απάντησε η Βάλερι.

Ο καθένας τους διέκοψε απρόθυμα τη σύνδεση στο τηλέφωνο.

~

Ο Μάρκους έτρωγε στο μικρό καφέ στη γωνία από το νοσοκομείο. Ήταν τέσσερις μέρες που είχαν περάσει. Οι μεγάλες συζητήσεις που μοιράζονταν με τη Βάλερι κάθε βράδυ δεν ήταν αρκετές για να απαλύνουν τον πόνο της έλλειψής της. Ήταν τόσο βυθισμένος στις σκέψεις του που δεν πρόσεξε κάποιον να τον πλησιάζει και πετάχτηκε όταν τον άγγιξαν στον ώμο.

"Θεέ μου, Μάρκους, δεν ήθελα να σε τρομάξω. Πρέπει να ήσουν ένα εκατομμύριο μίλια μακριά", είπε η Μαίρη Γκρέ .

Ο Μάρκους σηκώθηκε και τράβηξε μια καρέκλα

για τη Μαίρη. Όταν εκείνη κάθισε, έκατσε στη θέση του. "Όχι ακριβώς, μόνο περίπου διακόσια", απάντησε.

Η Μαίρη φάνηκε περίεργη.

"Τι είναι διακόσια μίλια μακριά;" ρώτησε.

"Όχι τι, ποιος", είπε ο Μάρκος. "Ο έρωτας της ζωής μου".

"Πότε συνέβη αυτό;!" αναφώνησε η Μαίρη. Είχε μόλις δει τον Μάρκους πριν από δύο εβδομάδες και απ' όσο ήξερε δεν έβλεπε καμία εκείνη την περίοδο.

"Μαίρη, πιστεύεις στις προηγούμενες ζωές και στις αδελφές ψυχές;" Ο Μάρκους διερεύνησε.

Η Μαίρη έδειχνε περίεργη. "Μετά από αυτό που συνέβη με τον Ντάνιελ και τη Μάλι, πιστεύω ότι σχεδόν τα πάντα μπορούν να συμβούν".

Ο Μάρκους συνέχισε να της διηγείται όλη την ιστορία για το πώς αυτός και η Βάλερι είχαν γνωριστεί μέσα από τα όνειρά τους και πώς οδήγησε στο σπίτι της για να τη συναντήσει.

Η Μαρία άκουσε την ιστορία του με προσοχή. Ήταν μια καταπληκτική ιστορία, αλλά δεν είχε καμία αμφιβολία ότι είχε συμβεί ακριβώς όπως την περιέγραψε ο Μάρκους.

"Αυτό είναι καταπληκτικό. Αυτό το Φεγγάρι που Περπατάει ακούγεται σαν χαρακτήρας. Θα ήθελα πολύ να τη γνωρίσω". Η Μαίρη κοίταξε τον Μάρκους σκεπτόμενη. "Λοιπόν, πιστεύεις ότι η Βάλερι θα θελήσει να μετακομίσει εδώ, αν βρει δουλειά;"

"Ναι, έχει ήδη πει ότι θα κοιτάξει τριγύρω όταν έρθει να μας επισκεφθεί", απάντησε ο Μάρκους.

Η Μαρία σιώπησε για μια στιγμή, σκεπτόμενη. "Πιστεύεις ότι θα ήθελε να γίνει επιμελήτρια τέχνης στο μουσείο; Η Μάρθα Σιμς, η σημερινή επιμελήτρια, πρόκειται να παραιτηθεί από τη δουλειά. Βρίσκεται σε εγκυμοσύνη υψηλού κινδύνου. Ο γιατρός της της είπε να ξεκουραστεί. Ο ιδιοκτήτης έχει αναλάβει τη δουλειά, ενώ ψάχνει για κάποιον που θα αναλάβει".

Ο Μάρκος χαμογέλασε στη Μαίρη. "Ακούγεται τέλειο. Θα μιλήσω στη Βάλερι γι' αυτό απόψε. Ευχαριστώ, Μαίρη. Έχεις ακούσει τίποτα από τους νεόνυμφους;"

"Η Ντέινα και ο Μπομπ θα επιστρέψουν αυτό το Σαββατοκύριακο. Πήγαν στο Λας Βέγκας. Η Ντάνα είπε ότι πάντα ήθελε να πάει εκεί. Ο Μπομπ της έκανε έκπληξη με το ταξίδι. Ο Ντάνιελ και η Μάλι έχουν άλλη μια εβδομάδα. Πήγαν στα νησιά. Είπαν ότι η φωτογραφία της παραλίας έμοιαζε ακριβώς με την παραλία που είδαν όταν γνωρίστηκαν, οπότε ήταν αποφασισμένοι να πάνε εκεί. Όλοι τους περνούν υπέροχα".

Η Μαίρη σηκώθηκε για να φύγει. "Θα ελέγξω τη θέση του επιμελητή και θα επικοινωνήσω μαζί σας. Κάνε υπομονή. Σύντομα θα έχουμε την αδελφή ψυχή σου μαζί σου".

Ο Μάρκος σηκώθηκε μαζί της. "Σ' ευχαριστώ, Μαίρη. Μου έδωσες ελπίδα. Ανυπομονώ να το πω στη Βάλερι".

Πήραν και οι δύο χωριστούς δρόμους, ο Μάρκους στο νοσοκομείο και η Μαίρη για να μιλήσει με έναν συγκεκριμένο ιδιοκτήτη μουσείου. Ήταν αποφασισμένη να δει τον Μάρκους και τη Βάλερι μαζί.

~

Η Μαίρη μπήκε στο μοναδικό μουσείο του Ντέντον και κοίταξε γύρω της. Ήταν καλά οργανωμένο. Είχε έρθει να ρίξει μια ματιά όταν πρωτολειτούργησε, αλλά δεν είχε βρει χρόνο για να το επισκεφτεί ξανά.

Πάντα συνέβαιναν τόσα πολλά. Ωστόσο, γνώριζε τον ιδιοκτήτη. Ο Ντέρικ Έιμς πήγαινε στην ίδια εκκλησία με εκείνη και την οικογένειά της.

Ο Ντέρικ ήρθε μπροστά με ένα χαμόγελο όταν είδε ποιος είχε μπει στο μουσείο. "Γεια σου, Μαίρη, πώς είσαι σήμερα;" Της πρόσφερε το χέρι του για να της σφίξει.

Η Μαίρη του έσφιξε το χέρι και χαμογέλασε γλυκά. "Είμαι καλά, Ντέρικ. Αυτό είναι ένα ωραίο μέρος. Έχω καιρό να έρθω εδώ. Μου αρέσει ο τρόπος με τον οποίο είναι τακτοποιημένα τα πράγματα".

"Λοιπόν", είπε ο Ντέρικ. "Δεν μπορώ να πάρω τα εύσημα για τις ρυθμίσεις. Η Μάρθα έκανε τα περισσότερα από αυτά μαζί με το αγόρι από το λύκειο που είχε βάλει να τη βοηθάει τα βράδια".

"Άκουσα ότι η Μάρθα πρέπει να ξεκουράζεται περισσότερο. Είναι καλά;"

"Είναι καλά, σύμφωνα με τον σύζυγό της. Όσο ηρεμεί, όλα θα πάνε καλά", δήλωσε ο Ντέρικ.

"Ψάχνεις ακόμα κάποιον να πάρει τη θέση της Μάρθας;" διερωτήθηκε η Μαρία.

"Ναι, δεν είχα καμία τύχη, μέχρι στιγμής. Ξέρεις κάποιαν που μπορεί να ενδιαφέρεται;"

Κοίταξε τη Μαίρη διερευνητικά. Η Μαίρη του χαμογέλασε γλυκά.

"Νομίζω ότι έχω το κατάλληλο άτομο για σένα. Εργάζεται σε μια γκαλερί τέχνης στο Ρόλινγκ Φορκ εδώ και χρόνια. Έχει ερωτευτεί έναν ντόπιο γιατρό και θέλει να μετακομίσει στο Ντέντον. Θα περάσουν μερικές εβδομάδες μέχρι να μπορέσει να φύγει για να έρθει να σε δει. Οι ιδιοκτήτες της γκαλερί βρίσκονται στην Ιταλία και πρέπει να περιμένει να επιστρέψουν", η Μαίρη του έδωσε γρήγορα πολλές πληροφορίες.

Ο Ντέρικ την κοίταξε με ελπίδα. "Πες της να μου

τηλεφωνήσει και θα μιλήσουμε. Ακούγεται σαν αυτή ακριβώς που ψάχνω".

"Έτσι νομίζω κι εγώ", συμφώνησε η Μαίρη. "Θα της δώσω τον αριθμό σου. . Έχεις επαγγελματική κάρτα;"

Ο Ντέρικ της έδωσε την κάρτα του και την ευχαρίστησε που πέρασε.

Η Μαίρη χαμογέλασε και είπε αντίο. Ήταν ευχαριστημένη με τον εαυτό της. Χάρηκε που βοήθησε τον Μάρκους και τη Βάλερι να είναι μαζί.

ΚΕΦΑΛΑΙΟ 12

Η Μαίρη πέρασε από το νοσοκομείο επιστρέφοντας στο σπίτι της. Πήγε στο γραφείο του Μάρκους. Τον πρόλαβε μόλις επέστρεψε από τις επισκέψεις.

"Γεια σου, Μάρκους." Τον χαιρέτησε χαμογελώντας.

"Γεια σου, Μαίρη. Μήπως ξέχασες κάτι;" ρώτησε έκπληκτος που την είδε ξανά τόσο σύντομα.

"Όχι, ήρθα να παραδώσω αυτή την κάρτα", είπε, δίνοντας την κάρτα από το μουσείο. "Πέρασα από το μουσείο και μίλησα με τον ιδιοκτήτη, τον Ντέρικ Έιμς. Μου είπε να δώσω την κάρτα του στη Βάλερι. Ενδιαφέρεται πολύ να της μιλήσει. Η θέση της επιμελήτριας είναι ακόμα ανοιχτή. Είπε να της πω να του τηλεφωνήσει".

Ο Μάρκους κοίταξε την κάρτα με έκπληξη. Χαμογέλασε στη Μαίρη. "Σίγουρα δεν χάνεις καθόλου χρόνο", είπε χαμογελώντας. "Σ' ευχαριστώ, Μαίρη. Θα το πω στη Βάλερι μόλις της μιλήσω. Αυτή μπορεί να είναι η απάντηση που έψαχνα".

"Παρακαλώ. Ελπίζω όλα να πάνε καλά. Πρέπει να

πάω σπίτι και να αρχίσω να ετοιμάζω το δείπνο. Είσαι ευπρόσδεκτος να έρθεις".

"Ευχαριστώ, αλλά θα το αναβάλω. Πρέπει να τελειώσω εδώ και μετά να πάω σπίτι και να τηλεφωνήσω στη Βάλερι. Ευχαριστώ και πάλι για τη βοήθειά σου".

Ο Μάρκους σηκώθηκε και συνόδευσε ευγενικά τη Μαίρη στην πόρτα.

Ο Μάρκους διεκπεραίωσε βιαστικά τα χαρτιά του και έφυγε από το νοσοκομείο το συντομότερο δυνατό. Όταν έφτασε στο σπίτι του, τοποθέτησε την ιατρική του τσάντα στο τραπέζι δίπλα στην εξώπορτα. Δεν έχασε χρόνο για να πληκτρολογήσει τον αριθμό της Βάλερι. Ο αριθμός της είχε δει πολλή δράση τις τελευταίες μέρες. Ο Μάρκους κάθισε στον καναπέ και έγειρε προς τα πίσω.

"Γεια σου, Μάρκους", είπε η Βάλερι κρατώντας το τηλέφωνο στο αυτί της χρησιμοποιώντας τον ώμο της ως στήριγμα. "Μόλις τελείωνα την εργασία μου για σήμερα. Δεν μπορώ να περιμένω μέχρι το Σαββατοκύριακο. Ο μπαμπάς και η μαμά θα πρέπει να έχουν επιστρέψει μέχρι τότε. Ανυπομονώ τόσο πολύ να σε δω. Μου λείπεις τόσο πολύ".

"Κι εμένα μου λείπεις. Σε αγαπώ. Έχω καλά νέα. Συνάντησα τη Μαίρη Γκρέι στο μεσημεριανό γεύμα σήμερα. Της είπα για σένα και για το πόσο θέλουμε να είμαστε μαζί. Μου είπε ότι η επιμελήτρια του μουσείου πρέπει να παραιτηθεί λόγω εγκυμοσύνης υψηλού κινδύνου. Μίλησε με τον ιδιοκτήτη μετά το γεύμα και του είπε για σένα. Της έδωσε την κάρτα του και είπε να του τηλεφωνήσεις. Ενδιαφέρεται πολύ να σε προσλάβει".

"Ω, Θεέ μου! Ποτέ δεν πίστευα ότι θα ήταν τόσο εύκολο να βρω προοπτικές εργασίας. Περίμενε να πάρω ένα στυλό και να γράψω τον αριθμό του. Θα του τηλεφωνήσω αμέσως". Η Βάλερι έγραψε τον αριθμό. Θα σας ξαναπάρω αφού μιλήσω με τον κ. Έιμς. Σ' αγαπώ".

"Κι εγώ σ' αγαπώ, αντίο".

Η Βάλερι κάλεσε τον κ. Έιμς μόλις έκλεισαν το τηλέφωνο με τον Μάρκους. Περίμενε με ανυπομονησία αφού πήρε τον αριθμό. Το τηλέφωνο χτύπησε αρκετές φορές πριν απαντήσει.

"Γεια σας, Μουσείο Έιμς,"

"Γεια σας, κύριε Έιμς, είμαι η Βάλερι Μέισον. Η Μαίρη Γκρέη σας μίλησε για μένα. Μου έδωσε το τηλέφωνό σας".

"Ναι, δεσποινίς Μέισον. Η Μαίρη μου είπε ότι θα μετακομίζατε σύντομα στο Ντέντον. Είπε ότι έχετε εμπειρία στην εργασία σας σε μια γκαλερί τέχνης".

"Ναι, είναι αλήθεια. Η γκαλερί ανήκει στους γονείς μου. Εργάζομαι στην γκαλερί από τα δεκαέξι μου χρόνια. Έχω χειριστεί κάθε πτυχή της γκαλερί. Δεν έχω δουλέψει ποτέ σε μουσείο, αλλά είμαι σίγουρη ότι πολλές από τις εργασίες είναι ίδιες".

"Ενδιαφέρομαι πολύ να σας μιλήσω προσωπικά και να σας ξεναγήσω. Νομίζω ότι θα ταιριάξουμε πολύ καλά. Πότε θα έρθετε στην πόλη;" σχολίασε ο κ. Έιμς.

"Θα είμαι εκεί σε μια εβδομάδα από την Πέμπτη. Πρέπει να περιμένω την επιστροφή των γονιών μου από την Ιταλία. Θα επιστρέψουν το ερχόμενο Σαββατοκύριακο. Πρέπει να τους μιλήσω και να τους εξηγήσω πώς πήγαν τα πράγματα όσο έλειπαν. Θα τους τηλεφωνήσω αν έχω κάποια αλλαγή στα σχέδιά μου", δήλωσε η Βάλερι.

"Θα σας δω σε μια εβδομάδα από την Πέμπτη", συμφώνησε ο κ. Έιμς. .

Η Βάλερι είπε αντίο και έκλεισε το τηλέφωνο.

Η Βάλερι τηλεφώνησε αμέσως στον Μάρκους.

"Γεια σου, αγάπη μου", απάντησε ο Μάρκος.

"Ω! Μου αρέσει πολύ να με αποκαλείς αγάπη σου. Μίλησα με τον κ. Έιμς. Κανονίσαμε να έρθω για μια ξενάγηση και μια συνέντευξη σε μία εβδομάδα από την Πέμπτη".

"Ώστε τότε θα είσαι εδώ;" ρώτησε ο Μάρκους ενθουσιασμένος.

"Ναι", συμφώνησε. "Οι γονείς μου θα επιστρέψουν αυτό το Σαββατοκύριακο και θα χρειαστώ χρόνο για να τους μιλήσω και να τους εξηγήσω για σένα και τον έρωτά μας . Δεν ανυπομονώ για τη συζήτηση. Αφού δεν ξέρουν τίποτα για το ότι ερωτευτήκαμε, θα εκπλαγούν πολύ", αναστέναξε η Βάλερι. "Σε αγαπώ τόσο πολύ. Μου λείπει η αγκαλιά σου. ".

"Κι εμένα μου λείπει η αγκαλιά σου. Θα έρθει ακόμα η μητέρα μου μαζί σου;" ρώτησε ο Μάρκους.

"Είμαι σίγουρη ότι θα το κάνει. Πρέπει να την ρωτήσω. Φαινόταν να ανυπομονεί να σε επισκεφθεί. Πρέπει να κάνουμε κάποιες κρατήσεις. Ξέρεις ένα καλό μέρος για να μείνουμε;"

"Έχω ένα μεγάλο σπίτι με άφθονο χώρο. Μπορείτε να μείνετε και οι δύο μαζί μου. Έχω μια καθαρίστρια. Θα δω αν μπορεί να δουλέψει περισσότερες ώρες και να βοηθήσει στο μαγείρεμα. Θα μετράω τις ώρες μέχρι να μπορέσω να σε κρατήσω ξανά στην αγκαλιά μου. Σε αγαπώ".

"Μου φαίνεται σαν να πέρασε καιρός από τότε που σε ένιωσα να με κρατάς σφιχτά", αναστέναξε η Βάλερι.

Ο Μάρκους και η Βάλερι συνέχισαν να μιλούν. Και οι δύο ήταν απρόθυμοι να διακόψουν τη σύνδεση με τον άλλον. Ο Μάρκους έγειρε πίσω στον καναπέ και βολεύτηκε. Θα κρατούσε τη σύνδεση με τη Βάλερι όσο περισσότερο μπορούσε.

Η Βάλερι ήταν εξίσου αποφασισμένη να διατηρήσει τη σχέση της με τον Μάρκους. Ξαπλώθηκε στην καρέκλα της και ετοιμάστηκε να απολαύσει την κουβέντα με τον Μάρκους όσο το δυνατόν περισσότερο.

~

Η Μέλανι και ο Φρανκ έφτασαν στο Ρόλινγκ Φορκ το Σάββατο το πρωί. Η Βάλερι άφησε την γκαλερί στα χέρια της Σίντι και έμεινε στο σπίτι για να τους βοηθήσει να εγκατασταθούν. Ο Φρανκ ήταν εκεί για λίγη ώρα πριν θελήσει να φύγει και να πάει στη γκαλερί.

"Περίμενε, μπαμπά", είπε η Βάλερι. "Θέλω να μιλήσω σε σένα και τη μαμά για κάτι".

"Τι είναι, αγάπη μου;" ρώτησε η Μέλανι.

"Όσο λείπατε, γνώρισα κάποιον. Είναι γιατρός και ζει στο Ντέντον. Το όνομά του είναι Μάρκους Ντρέηκ . Είμαι ερωτευμένη μαζί του και αυτός είναι ερωτευμένος μαζί μου. Είναι ο γιος της θείας Έμιλι. Θα πάω στο Ντέντον την επόμενη Πέμπτη και η θεία Έμιλι θα έρθει μαζί μου. Ξέρω ότι θα σκεφτείτε ότι προχωράμε πολύ γρήγορα, αλλά πιστεύω ότι είμαστε αδελφές ψυχές. Όταν πήγα στο νοσοκομείο με το τσίμπημα της μέλισσας, ο γιατρός μου έδωσε ένα φάρμακο στο οποίο ήμουν αλλεργική. Δεν μπορούσα να κάνω κανέναν να καταλάβει τι συνέβαινε. Φώναξα στο μυαλό μου για βοήθεια. Ο Μάρκους άκουσε την κραυγή μου και μου μίλησε γι' αυτό. Όταν του εξήγησα τι είχε συμβεί, τηλεφώνησε στο νοσοκομείο και έβαλε τον γιατρό να μου δώσει άλλο φάρμακο. Μου έσωσε τη ζωή. Μιλήσαμε στο τηλέφωνο και ήρθε να με δει μόλις μπόρεσε να φύγει από το νοσοκομείο. Δεν ήξερε ότι η θεία Έμιλι ήταν εδώ μέχρι που ήρθε. Ήταν πολύ έκπληκτος που την είδε. Δεν ήταν κοντά, αλλά μίλησαν και νομίζω ότι έλυσαν κάποια από τα προβλήματά τους. Περάσαμε χρόνο μαζί και ερωτευτήκαμε. Η θεία Έμιλι και εγώ θα πάμε στο Ντέντον για επίσκεψη, και αν όλα πάνε καλά, θα μετακομίσω στο Ντέντον". Η Βάλερι έκανε μια παύση για να πάρει ανάσα και να δώσει χρόνο στους γονείς της να απαντήσουν.

"Πότε θα συναντήσουμε τον Μάρκους;" ρώτησε η μαμά της, αφού το βλέμμα του σοκ έφυγε από το πρόσωπό της.

"Όταν μπορεί να πάρει άδεια από το νοσοκομείο. Μπορώ να τον φέρω για επίσκεψη. Ξέρω ότι θα τον αγαπήσεις", είπε η Βάλερι.

Η Μέλανι σηκώθηκε και αγκάλιασε τη Βάλερι. "Είμαι σίγουρη ότι θα το κάνουμε. Απλά θέλουμε να είσαι ευτυχισμένη".

Η Βάλερι στράφηκε προς τον μπαμπά της. "Λυπάμαι που σας άφησα με έλλειψη προσωπικού στη γκαλερί. Σας αγαπώ και τους δύο, αλλά ο Μάρκους είναι η αδελφή ψυχή μου. Ανήκουμε μαζί".

Ο μπαμπάς της κοίταξε τη μαμά της, η οποία απλώς ένευψε. Ανασήκωσε τους ώμους και αγκάλιασε την κόρη του και της χάιδεψε τον ώμο. "Όλα θα πάνε καλά. Η Σίντι μπορεί να χειριστεί τα πράγματα μέχρι να βρούμε περισσότερη βοήθεια. Μην ανησυχείς. Ακολούθησε την καρδιά σου".

"Αχ, μπαμπά", ξεφούσκωσε η Βάλερι και αγκάλιασε τον μπαμπά της. Ο Φρανκ έφυγε για να ελέγξει τη γκαλερί. Η Μέλανι στράφηκε προς τη Βάλερι.

"Έλα, μπορείς να μου πεις τα πάντα για τον Μάρκους όσο εγώ ξεπακετάρω", η Μέλανι προχώρησε προς τις σκάλες και η Βάλερι την ακολούθησε. Πάντα χαιρόταν να μιλάει για τον Μάρκους. Ήταν το αγαπημένο της θέμα.

Ο Φρανκ βρήκε τα πάντα σε τάξη στη γκαλερί. Βρήκε τη Σίντι στο γραφείο να δουλεύει στον υπολογιστή.

"Γεια σας, κύριε Μέισον. Καλώς ήρθατε σπίτι. Πώς ήταν η Ιταλία;" Η Σίντι χαμογέλασε για το καλωσόρισμα.

"Η Ιταλία ήταν φοβερή, αλλά χαίρομαι που βρίσκομαι στο σπίτι μου. Ήθελα να μάθω τη γνώμη σου για τον νεαρό άνδρα που έχει ερωτευτεί η Βάλερι. Τον γνώρισες , έτσι δεν είναι;" ρώτησε ο Φρανκ.

"Ναι, γνώρισα τον Μάρκους. Μου φάνηκε καλός άνθρωπος. Είναι αρκετά κούκλος, αλλά το καλύτερο απ' όλα είναι ότι ήταν εξίσου ερωτευμένος με τη Βάλερι όσο και εκείνη μαζί του. Νομίζω ότι ήταν φτιαγμένοι ο ένας για τον άλλον". Η Σίντι τελείωσε με ένα χαμόγελο. Προσπαθούσε να καθησυχάσει τον Φρανκ. Ήξερε ότι ανησυχούσε για τη Βάλερι. Θα ήταν εντάξει αφού γνώριζε τον Μάρκους. Ήταν σίγουρη ότι ήταν βαθιά ερωτευμένος με τον φίλο της.

ΚΕΦΆΛΑΙΟ 13

Εν τω μεταξύ, η Βάλερι έλεγε στη μαμά της τα πάντα, σχεδόν τα πάντα, που είχε βιώσει από τότε που γνώρισε τον Μάρκους. Η Μέλανι κοιτούσε έκπληκτη την ιστορία της Βάλερι και άκουσε τα πάντα για τον Μάρκους που άκουσε τις κραυγές της Βάλερι στο όνειρό του και τα λόγια του Moon Walking στη λίμνη.

"Πέρασες πολύ ωραία", είπε η Μέλανι. Ανυπομονώ να γνωρίσω τον Μάρκους σου. Φαίνεται να είναι ένας πολύ ενδιαφέρων νεαρός άνδρας".

"Είναι", συμφώνησε η Βάλερι. "Ανυπομονώ να τον ξαναδώ. Είναι δύσκολο όταν και οι δύο έχουμε υποχρεώσεις και δεν μπορούμε να ξεφύγουμε. Δεν μπορώ να του ζητήσω να φύγει από το Ντέντον. Έχει μια καλή πρακτική στο νοσοκομείο. Κάνει τη δουλειά που αγαπάει. Έχει σπίτι και φίλους. Μου έχει διηγηθεί εκπληκτικές ιστορίες για κάποιους από αυτούς. Ξέρω ότι θα τον αγαπήσετε".

Η Μέλανι κούνησε το κεφάλι της. Μπορούσε να θυμηθεί όταν είπε για πρώτη φορά στη μητέρα της για τον Φρανκ. Εκείνη και ο Φρανκ ήταν μαζί πολύ καιρό και εξακολουθούσαν να είναι το ίδιο ερωτευμένοι όπως όταν γνωρίστηκαν. Το μόνο που μπορούσε να ελπίζει ήταν το ίδιο και για τη Βάλερι.

Η Βάλερι αγκάλιασε τη μαμά της και έτρεξε να τηλεφωνήσει στη θεία Έμιλι. Ήθελε να την ενημερώσει ότι οι γονείς της επέστρεψαν και να της μιλήσει για το αν θα πήγαινε στο Ντέντον. Η Βάλερι ήθελε να είναι σίγουρη ότι η θεία Έμιλι δεν είχε αλλάξει γνώμη. Η θεία Έμιλι απάντησε στο δεύτερο χτύπημα. Όταν άκουσε ότι η Μέλανι ήταν στο σπίτι, είπε ότι θα ερχόταν αμέσως.

Σε λίγη ώρα, η Emily ήταν εκεί και αγκαλιάστηκαν με τη Melanie και στη συνέχεια εγκαταστάθηκαν για να μιλήσουν για την Ιταλία. Η Έμιλι ήθελε να ακούσει τα πάντα για το ταξίδι. Είπε ότι ήθελε να επισκεφθεί την Ιταλία κάποια μέρα. Ακουγόταν σαν ένα πανέμορφο μέρος. Η Βάλερι και η Μέλανι συμφώνησαν. Όταν κατέβασαν ταχύτητα στη συζήτηση για την Ιταλία, η Βάλερι είπε στην Έμιλι για το ταξίδι της στο Ντέντον την Τετάρτη.

"Έχω συνέντευξη για δουλειά την Πέμπτη, οπότε πρέπει να πάω εκεί την Τετάρτη. Δεν θέλω να χάσω τη συνέντευξή μου. Θα έρθεις μαζί μου, θεία Έμιλι;" Ρώτησε η Βάλερι.

"Ναι, θέλω να δω το σπίτι του Μάρκους και να προσπαθήσω να έρθω πιο κοντά του. Σκοπεύω να είμαι κοντά του όταν εσείς οι δύο μου δώσετε εγγόνια", πείραξε.

Η Βάλερι χαμογέλασε μέσα από το κοκκίνισμά της. Ανυπομονούσε να μιλήσει για παιδιά με τον Μάρκους. Αυτή ήταν μια συζήτηση που δεν είχαν κάνει ακόμα.

"Μπορούμε να πάρουμε το αυτοκίνητό μου και να μας οδηγήσει ο σοφέρ", είπε η Έμιλι.

"Έτσι μπορούμε να καθίσουμε και να

απολαύσουμε το ταξίδι μας", συμφώνησε η Βάλερι.

Έτσι, η Βάλερι αποφάσισε να πάει στην γκαλερί για να δει αν θα μπορούσε να βοηθήσει όσο ήταν ακόμα εκεί, και άφησε τη μαμά και τη θεία της μόνες τους να μιλήσουν.

≈

Η Βάλερι μπήκε στη γκαλερί και, αφού δεν είδε κανέναν μπροστά, κατευθύνθηκε προς το πίσω δωμάτιο. Η Σίντι ήταν απασχολημένη με το ξεπακετάρισμα των κουτιών.

"Γεια", είπε η Βάλερι. "Πού είναι ο μπαμπάς;"

"Πήγε να πάρει μερικά σάντουιτς και να ενημερώσει τους πάντες ότι επέστρεψε", είπε η Σίντι.

Η Βάλερι γέλασε. "Λοιπόν, το μόνο που έχει να κάνει είναι να εμφανιστεί στο καφενείο και τα νέα θα μαθευτούν σε όλη την πόλη σε χρόνο μηδέν".

"Ναι", συμφώνησε η Σίντι. "Έμαθα ότι μας άφησες. Δεν σε κατηγορώ. Αν είχα έναν κούκλο σαν τον Μάρκους να με θέλει, δεν θα έχανα καθόλου χρόνο". Πλησίασε και αγκάλιασε τη Βάλερι. "Εύχομαι σε σένα και τον Μάρκους μια ευτυχισμένη ζωή".

"Ευχαριστώ", είπε η Βάλερι. "Τώρα, μπορώ να βοηθήσω σε κάτι;"

"Το έχω καλύψει αυτό. Μπορείς να μείνεις μπροστά, να απαντάς στο τηλέφωνο και να εξυπηρετείς τους πελάτες. Φαντάζομαι ότι το τηλέφωνο θα χτυπάει ασταμάτητα μετά την επίσκεψη του μπαμπά σου στο καφέ".

Γέλασαν και οι δύο και η Βάλερι βγήκε έξω για να καλύψει το μέτωπο.

≈

Οι μέρες περνούσαν αργά για τη Βάλερι. Μιλούσε με τον Μάρκους στο τηλέφωνο κάθε μέρα, αλλά ήθελε να νιώθει την αγκαλιά του γύρω της και τα χείλη του πατημένα στα δικά της.

Η μέρα είχε επιτέλους φτάσει. Η Βάλερι και η θεία Έμιλι πήγαιναν στο Ντέντον. Η Βάλερι ήταν τόσο ενθουσιασμένη που με δυσκολία καθόταν ακίνητη. Προσπαθούσε να πιάσει κουβέντα, αλλά η συγκέντρωσή της έπεφτε στο κενό. Κοιτούσε έξω από το παράθυρο και σκεφτόταν τον Μάρκους.

Η Έμιλι, βλέποντας ότι η προσοχή της Βάλερι ήταν αλλού, έβγαλε ένα βιβλίο από την τσάντα της και άρχισε να διαβάζει. Η Βάλερι κοίταξε και είδε ότι η Έμιλι διάβαζε. Δεν είχε ιδέα πόση ώρα είχε κοιτάξει έξω από το παράθυρο.

"Ω, λυπάμαι, θεία Έμιλι. Δεν ήθελα να σε παραμελήσω".

Η Έμιλι χαμογέλασε. "Δεν πειράζει. Ξέρω ότι έχεις πολλά στο μυαλό σου. Εξάλλου, ήθελα να τελειώσω αυτό το βιβλίο. Απλώς έγινε πιο ενδιαφέρον".

Η Βάλερι γέλασε. "Μην με αφήσεις να σε σταματήσω. Θα είμαι ήσυχη σαν ποντίκι μέχρι να τελειώσεις".

Η Βάλερι έστρεψε την προσοχή της ξανά στον Μάρκους και η Έμιλι επέστρεψε στο βιβλίο της.

Το αυτοκίνητο έκανε χιλιόμετρα και σύντομα έφτασε στο δρόμο του Μάρκους. Είχε μόλις σταματήσει όταν ο Μάρκους βγήκε από το σπίτι και περπάτησε προς την πλευρά του αυτοκινήτου της Βάλερι. Άνοιξε την πόρτα και, καθώς εκείνη είχε ήδη λύσει τη ζώνη ασφαλείας της, την τράβηξε έξω από το αυτοκίνητο και στην αγκαλιά του. Την τράβηξε κοντά του και χαμήλωσε το πρόσωπό του στο δικό της για ένα μακρύ φιλί. Όταν δεν φαινόταν ότι θα έβγαιναν σύντομα για να πάρουν αέρα, η Έμιλι καθάρισε το λαιμό της.

"Γεια σου, μητέρα", είπε ο Μάρκος. Σήκωσε ελαφρά το κεφάλι του, αλλά έμεινε κοντά στη Βάλερι. Έμοιαζε σαν να επρόκειτο να αρχίσει να τη φιλάει ξανά. Η Βάλερι δεν έδειχνε να έχει αντιρρήσεις.

"Ίσως πρέπει να πάμε μέσα", είπε η Έμιλι.

Ο Μάρκους κοίταξε γύρω του αμήχανα. Άφησε τη Βάλερι και πήγε να βοηθήσει τον οδηγό με τις αποσκευές.

"Η πόρτα είναι ανοιχτή. Εσείς οι δύο πηγαίνετε μέσα. Θα είμαι ακριβώς πίσω σας", είπε ο Μάρκους.

Η πόρτα δεν ήταν απλώς ξεκλείδωτη, αλλά ήταν ορθάνοιχτη. Ο Μάρκους βιαζόταν τόσο πολύ, που δεν την είχε κλείσει.

Η Βάλερι και η Έμιλι μπήκαν στο μπροστινό δωμάτιο και στάθηκαν κοιτάζοντας γύρω τους. Ήταν ένα όμορφο δωμάτιο. Η Βάλερι κοίταξε γύρω της με δέος. Είχε ένα μεγάλο τζάκι με έναν μεγάλο περίτεχνο μανδύα από πάνω του. Τα πατώματα ήταν από σκληρό ξύλο με ένα μεγάλο χαλί ανατολίτικου στυλ στο κέντρο. Είχε έναν βελούδινο, μαυριδερού χρώματος καναπέ, ένα σκαμπώ και μια πολυθρόνα. Υπήρχαν διάσπαρτα διάφορα τραπέζια και λάμπες. Στον έναν τοίχο υπήρχε μια τηλεόραση μεγάλης οθόνης. Μπορούσε να δει το τηλεχειριστήριο γι' αυτήν στο τραπέζι μπροστά από τον καναπέ. Το επιστέγασμα ήταν ο όμορφος πολυέλαιος που κρεμόταν από το ταβάνι στο κέντρο του δωματίου.

Ο Μάρκους και ο οδηγός μπήκαν με τις αποσκευές και ο Μάρκους τον οδήγησε στον επάνω όροφο για να του δείξει πού να αφήσει τις αποσκευές. Όταν κατέβηκαν, ο Μάρκους έδειξε στον οδηγό την έξοδο στο γκαράζ. Υπήρχε ένα δωμάτιο από πάνω όπου θα έμενε. Ήταν μόνο ένα δωμάτιο και ένα μπάνιο, αλλά θα ήταν αρκετό για λίγες μέρες. Ο οδηγός μπορούσε να παίρνει τα γεύματά του στο σπίτι μαζί τους.

"Παρεμπιπτόντως", είπε ο Μάρκους. "Το όνομά μου είναι Μάρκους. Αν χρειαστείς κάτι, πες μου". Άπλωσε το χέρι του για μια χειραψία.

"Είμαι ο Τζέιμς", είπε ο οδηγός καθώς έσφιγγε το χέρι του Μάρκους.

"Χάρηκα για τη γνωριμία, Τζέιμς. Θα σε δω αργότερα."

Ο Μάρκους επέστρεψε βιαστικά στο σπίτι. Μόλις μπήκε στην πόρτα, κατευθύνθηκε κατευθείαν προς τη Βάλερι. Η Βάλερι ήταν χαρούμενη που αγκαλιάστηκε με τον Μάρκους. Ένιωθε σαν ο Μάρκους να ήταν το σπίτι της και χάρηκε που επέστρεψε μαζί του. Ο Μάρκους ένιωθε το ίδιο για τη Βάλερι. Δεν ήθελε να την αφήσει να φύγει, ούτε για ένα λεπτό, αλλά η μητέρα του ήταν εκεί και έπρεπε να την οδηγήσει στο δωμάτιό της και να είναι τουλάχιστον ευγενικός.

Κρατώντας τη Βάλερι κοντά του, γύρισε και χαμογέλασε στη μητέρα του. "Είχες καλό ταξίδι;" ρώτησε.

Η μητέρα του του χαμογέλασε. "Ναι, ήταν πολύ ευχάριστο".

"Πεινάτε ή θέλετε να σας δείξω πρώτα τα δωμάτιά σας;" ρώτησε ο Μάρκους.

"Θα ήθελα πρώτα να πάω στο δωμάτιό μου και να φρεσκαριστώ", είπε η Έμιλι.

"Κι εγώ." Η Βάλερι έσφιξε το χέρι του Μάρκους.

"Εντάξει, ακολουθήστε με." Ο Μάρκους οδήγησε τον κόσμο στον επάνω όροφο. Κρατούσε ακόμα σφιχτά το χέρι της Βάλερι. Με δυσκολία μπορούσε να πιστέψει ότι ήταν επιτέλους εκεί μαζί του.

Έδειξε πρώτα στην Έμιλι το δωμάτιό της και στη συνέχεια οδήγησε τη Βάλερι στο δωμάτιό της. "Θα σας δω κάτω, σύντομα". Άφησε απρόθυμα το χέρι της και γύρισε για να κατέβει κάτω.

"Μάρκους", είπε η Βάλερι.

Ο Μάρκους γύρισε στο άκουσμα της φωνής της. Η Βάλερι πήγε στην αγκαλιά του και τον αγκάλιασε σφιχτά. "Μου έλειψες τόσο πολύ", δήλωσε.

"Κι εμένα μου έλειψες. Δεν μπορώ να πιστέψω ότι είσαι εδώ και ότι μπορώ να σε κρατήσω κοντά μου", ο Μάρκους φίλησε αργά τη Βάλερι. Τραβήχτηκε πίσω και κοίταξε το αγαπημένο της πρόσωπο. "Θα σε δω σε λίγα λεπτά". Απομακρύνθηκε απρόθυμα και κατευθύνθηκε προς τα κάτω.

Ο Μάρκους περίμενε όταν η Έμιλι και η Βάλερι κατέβηκαν μαζί τις σκάλες.

"Η οικονόμος μου μας έφτιαξε ένα σνακ. Δεν ήθελα να φτιάξει κάτι άλλο γιατί θέλω να σας βγάλω και τους δύο έξω για φαγητό απόψε. Ελάτε στην τραπεζαρία. Θα σας συστήσω την Καρολίν Χολτ".

Όταν μπήκαν στην τραπεζαρία, ο Μάρκους κάλεσε την Caroline να τους συναντήσει.

"Καρολάιν, αυτή είναι η μητέρα μου, η Έμιλι Ντρέηκ ". Έδειξε τη μητέρα του. Μετά έκανε νόημα στη Βάλερι. "Αυτή η νεαρή κοπέλα είναι ο έρωτας της ζωής μου, η Βάλερι Μέισον. Κυρίες μου, από εδώ η Καρολάιν Χολτ".

Όλοι αντάλλαξαν "γεια" και "χαίρομαι που σας γνωρίζω". Η Καρολίν τους χαμογέλασε και, λέγοντας ότι θα φέρει τα σάντουιτς, στράφηκε προς την κουζίνα.

Η Βάλερι κοίταξε γύρω της. Το δωμάτιο ήταν ευρύχωρο και είχε πολύ φως από τα πολλά παράθυρα.

Η Καρολίν έβαλε το μεγάλο πιάτο με τα σάντουιτς στο τραπέζι. "Έχω τσάι ή λεμονάδα. Τι θα θέλατε να πιείτε;"

"Θα πάρω τσάι", είπε η Έμιλι.

"Κι εγώ", είπε η Βάλερι.

"Κάνε τα τρία", είπε ο Μάρκους.

Η Καρολίνα τους χαμογέλασε. "Επιστρέφω αμέσως".

Έσπευσε στην κουζίνα και σύντομα επέστρεψε με τρία ποτήρια τσάι σε έναν δίσκο. "Αν χρειαστείτε κάτι άλλο, τηλεφωνήστε μου". Έφυγε από το δωμάτιο και οι τρεις τους σερβιρίστηκαν με τα υπέροχα σάντουιτς με αυγοσαλάτα.

"Χμμ, είναι καλά", είπε η Βάλερι.

"Ναι, είναι", συμφώνησε η Έμιλι.

"Θα είναι εντάξει στις έξι η ώρα για να βγούμε απόψε;" ρώτησε ο Μάρκους.

"Έξι η ώρα είναι μια χαρά", συμφώνησε η Έμιλι. Η Βάλερι έγνεψε καταφατικά.

"Θα θέλατε εσείς οι δύο κυρίες να κάνετε μια βόλτα με το αυτοκίνητο και να δείτε μερικά από τα αξιοθέατα του Ντέντον;"

"Νομίζω ότι θα τελειώσω το βιβλίο μου και θα πάρω έναν υπνάκο. Γιατί δεν ξεναγείς τη Βάλερι;" είπε η Έμιλι.

"Είσαι καλά, μητέρα;" ρώτησε ο Μάρκους, κοιτάζοντας την Έμιλι με περιέργεια.

"Ναι, είμαι καλά. Απλά λίγο κουρασμένη. Εσείς οι δύο πηγαίνετε και διασκεδάστε". Η Έμιλι χαμογέλασε και έφυγε από την τραπεζαρία.

Ο Μάρκους χαμογέλασε στη Βάλερι. "Πάμε να διασκεδάσουμε;"

"Ναι, παρακαλώ", απάντησε η Βάλερι.

ΚΕΦΆΛΑΙΟ 14

Ο Μάρκους συνόδευσε τη Βάλερι στο αυτοκίνητό του και τη βοήθησε να μπει μέσα. Ο Μάρκους χαμογέλασε στη Βάλερι. "Δεν μπορώ να πιστέψω ότι κάθεσαι εδώ δίπλα μου".

Η Βάλερι πλησίασε και έσφιξε το χέρι του. "Εδώ είμαι. Μετρούσα τα λεπτά. Ήταν πολλά. Μου έλειψες τόσο πολύ".

"Κι εμένα μου έλειψες. Θα δούμε αν θα μείνεις μόνιμα". Ο Μάρκους σταμάτησε σε ένα πάρκο και σταμάτησε το αυτοκίνητο. Γύρισε στο κάθισμά του και, λύνοντας τις ζώνες ασφαλείας του και της Βάλερι, της έπιασε το χέρι.

"Δεν σκέφτηκα να το κάνω έτσι, αλλά δεν μπορώ να περιμένω άλλο", έκανε μια παύση και την κοίταξε βαθιά στα μάτια. "Βάλερι Μέισον, σε αγαπώ βαθιά και για πάντα. Θα μου κάνεις την τιμή να γίνεις γυναίκα μου;" Έβαλε το χέρι στην τσέπη του και έβγαλε ένα κουτί με δαχτυλίδια. Το κουτί με τα δαχτυλίδια, όταν το άνοιξε, έδειχνε ένα πανέμορφο δαχτυλίδι αρραβώνων.

Η Βάλερι αγκομαχούσε και κοίταζε το δαχτυλίδι. Κοίταξε ξανά τον Μάρκους και μετά έριξε τα χέρια της γύρω από το λαιμό του. "Φυσικά, θα σε παντρευτώ. Σε αγαπώ".

Ο Μάρκους την αγκάλιασε για ένα λεπτό, και στη συνέχεια άφησε απαλά λίγο χώρο ανάμεσά τους για να μπορέσει να βάλει το δαχτυλίδι στο δάχτυλό της.

"Ταιριάζει απόλυτα", είπε ο Μάρκους με ικανοποίηση.

Η Βάλερι κοίταξε το δαχτυλίδι με απορία. "Είναι το πιο όμορφο δαχτυλίδι που έχω δει ποτέ".

Ο Μάρκους την τράβηξε κοντά του και τη φίλησε βαθιά. Η Βάλερι τον φίλησε με την ίδια θέρμη. Όταν πήραν αέρα, ο Μάρκους χάιδεψε το πρόσωπό της και στη συνέχεια έδεσε τις ζώνες ασφαλείας τους για να συνεχίσουν την περιήγησή τους στο Ντέντον.

Πέρασαν πρώτα από το κέντρο της πόλης. Ο Μάρκους έδειξε τον φούρνο και το γραφείο στρατολόγησης του στρατού, όπου ήταν υπεύθυνος ο Ματ, ο αδελφός του Ντάνιελ. Έδειξε το μεσιτικό γραφείο. Είχε επεκταθεί στο διπλανό κτίριο για να κάνει χώρο για το δικηγορικό γραφείο του Ντάνιελ. Πέρασαν από τα σχολεία και το κολέγιο. Καθώς περνούσαν από το εμπορικό κέντρο, ο Μάρκους το υπέδειξε, αλλά δεν μπήκαν μέσα. Της έδειξε το μουσείο, όπου είχε ραντεβού την επόμενη μέρα. Πέρασαν από το Marshel's, το εστιατόριο όπου είχε κάνει κράτηση για δείπνο, και κατέληξαν μπροστά από το νοσοκομείο.

Ο Μάρκους στράφηκε προς τη Βάλερι. "Θέλεις να μπεις μέσα και να δεις το γραφείο μου;"

"Θα ήθελα να δω πού εργάζεστε", είπε η Βάλερι. Χαμογέλασε στον Μάρκους.

Ο Μάρκους ήρθε και βοήθησε τη Βάλερι να βγει από το αυτοκίνητο. Πήρε το χέρι της και την οδήγησε στην μπροστινή πόρτα του νοσοκομείου.

Ο Μάρκους την οδήγησε μέσα από την είσοδο, πέρα από το γραφείο υποδοχής, και κάτω από έναν διάδρομο, όπου βρίσκονταν τα γραφεία των γιατρών. Ο Δρ Πέιν έβγαινε από το γραφείο του. Βρισκόταν δίπλα στο γραφείο του Μάρκους. Σταμάτησε έκπληκτος όταν είδε τον Μάρκους με μια όμορφη, νεαρή γυναίκα.

"Γεια σας, Δρ Ντρέηκ ", είπε.

"Γεια σας, Δρ. Πέην. Αυτή είναι η αρραβωνιαστικιά μου, η Βάλερι Μέισον. Βάλερι, αυτός είναι ο Δρ. Πέιν. Με κάλυψε όταν ήρθα στο Ρόλινγκ Φορκ".

"Χάρηκα για τη γνωριμία", απάντησε η Βάλερι.

Ο Δρ Πέιν συνήλθε από την έκπληξή του και χαμογέλασε στη Βάλερι και τον Μάρκους. "Χάρηκα κι εγώ για τη γνωριμία. Σας εύχομαι και στους δύο τα καλύτερα". Άπλωσε το χέρι του για να σφίξει το χέρι του Μάρκους. "Συγχαρητήρια".

Ο Μάρκους του έσφιξε το χέρι. "Θα ξεναγήσω τη Βάλερι. Θα τα πούμε αργότερα". Ο Μάρκους ξεκλείδωσε την πόρτα του γραφείου του και οδήγησε τη Βάλερι μέσα. Ο Δρ Πέιν γύρισε και έφυγε βιαστικά για να διαδώσει την είδηση για τον αρραβώνα του Μάρκους.

Δεν έμειναν στο νοσοκομείο για πολύ. Η Βάλερι κοίταξε όλα τα πιστοποιητικά και τα διπλώματα του Μάρκους στον τοίχο, ενώ ο Μάρκους έλεγχε τα μηνύματά του.

"Δεν υπάρχει τίποτα σημαντικό. Όλα μπορούν να περιμένουν μέχρι το πρωί", είπε ο Μάρκους. Κοίταξε ψηλά για να δει τη Βάλερι να κοιτάζει κάποια από τα βραβεία του. Χαμογέλασε. Χάρηκε που την έβλεπε να ενδιαφέρεται για τη ζωή του.

Η Βάλερι κοίταξε και τον είδε να της χαμογελάει.

Του χαμογέλασε κι εκείνη. "Έχεις πολλά βραβεία", παρατήρησε.

Ο Μάρκους σήκωσε τους ώμους. "Δούλεψα σκληρά στην ιατρική σχολή. Δεν είχα κανένα περισπασμό. Σε περίμενα". Χαμογέλασε και την πήρε στην αγκαλιά του για ένα μακρύ και τρυφερό φιλί.

Ο Μάρκους απομακρύνθηκε και κοίταξε την ώρα. "Πρέπει να φύγουμε. Πρέπει να ετοιμαστούμε για να βγούμε έξω απόψε. Η Βάλερι συμφώνησε και ακολούθησε τον Μάρκους έξω από το γραφείο του και περίμενε μέχρι να κλειδώσει την πόρτα του. Ο Μάρκους έβαλε το χέρι του γύρω της και ξεκίνησε να πηγαίνει προς το αυτοκίνητό του. Είδε αρκετές νοσοκόμες να τους κοιτάζουν επίμονα, αλλά συνέχισε να προχωράει. Δεν ήθελε να σταματήσει και να κουβεντιάσει.

~

Μόλις ο Μάρκους συνόδευσε την Έμιλι και τη Βάλερι στου Μάρσελ, είδε τη Μαίρη και τον Χέρμαν Γκρέι να κάθονται με τη Ντέινα και τον Μπομπ Τζένκινς σε ένα μεγάλο τραπέζι κοντά. Οδήγησε τις κυρίες προς τα εκεί για να τις χαιρετήσει και να τις συστήσει. Οι άντρες σηκώθηκαν όρθιοι καθώς πλησίαζαν, αλλά ο Μάρκους απλώς χαμογέλασε και γύρισε να μιλήσει στις κυρίες.

"Μαίρη, Ντέινα, θα ήθελα να σας συστήσω τη μητέρα μου, Έμιλι Ντρέηκ και τον έρωτα της ζωής μου, Βάλερι Μέησον. Μητέρα, Βάλερι, αυτή είναι η Μαίρη Γκρέι", έκανε νόημα προς τη Μαίρη, "και η Ντέινα Τζένκινς. Οι κύριοι μαζί τους είναι οι σύζυγοί τους, ο Χέρμαν Γκρέι και ο Μπομπ Τζένκινς.

Όλοι είπαν γεια και χαμογέλασαν.

"Γιατί δεν έρχεστε μαζί μας;" ρώτησε η Μαίρη. "Δώσε μας την ευκαιρία να γνωρίσουμε καλύτερα την οικογένειά σου".

Ο Μάρκους εξέτασε προσεκτικά τη Βάλερι και την Έμιλι. Και οι δύο κυρίες έγνεψαν χαμογελώντας. Ο Μάρκους κοίταξε ξανά τη Μαίρη και χαμογέλασε. "Θα θέλαμε να σας κάνουμε παρέα. Είσαι σίγουρος ότι δεν θα μπούμε σε μια γιορτή;"

"Μόλις καλωσορίζαμε την Ντέινα και τον Μπομπ που επέστρεψαν από το ταξίδι του μέλιτος. Θα θέλαμε όλοι να έχουμε περισσότερη παρέα", είπε η Μαίρη.

Η Βάλερι πήρε αμέσως την καρέκλα δίπλα στη Μαίρη. Ο Μάρκους έσπρωξε την καρέκλα της και κοίταξε για να δει τη μητέρα του να κάθεται δίπλα στον Μπομπ Τζένκινς. Εκείνος κάθισε στην άλλη πλευρά της Βάλερι. Η σερβιτόρα ήταν εκεί γρήγορα για να τους φέρει νερό και να πάρει τις παραγγελίες τους.

Αφού έφυγε η σερβιτόρα, η Βάλερι στράφηκε προς τη Μαίρη. "Χαίρομαι που σε συναντήσαμε τυχαία. Έχω κάτι για σένα. Ήθελα να σας ευχαριστήσω που βγήκατε από το δρόμο σας για να μιλήσετε στον κ. Έιμς για μένα". Έβγαλε από την τσάντα της ένα μικρό πακέτο τυλιγμένο σε χαρτομάντιλο και το έδωσε στη Μαίρη. "Αυτό είναι απλώς ένα μικρό ευχαριστώ". Έδωσε το πακέτο στη Μαίρη.

"Δεν χρειαζόταν να το κάνεις αυτό. Χάρηκα που βοήθησα". Είχε ένα ευχαριστημένο χαμόγελο στο πρόσωπό της καθώς δεχόταν το πακέτο.

"Το ήθελα", απάντησε η Βάλερι με χαμόγελο.

Η Μαρία ξετύλιξε το δώρο και ανακάλυψε έναν μικρό άγγελο. Είχε ύψος περίπου έξι ίντσες. Είχε φωτεινά μπλε μάτια και είχε μια μαργαριταρένια λάμψη. Τον έκανε να λάμπει σαν να ήταν φωτισμένος από μέσα.

"Ω, είναι πανέμορφο!" αναφώνησε η Μαίρη. Η Ντάνα και τα παιδιά συμφώνησαν.

"Το έφερε η μαμά από την Ιταλία για μένα. Αμέσως σε σκέφτηκα. Είπα στη μαμά για σένα και συμφώνησε ότι ήταν καλή ιδέα. Είπε ότι πρέπει να είστε μια ξεχωριστή κυρία και ότι σας αξίζει ένα ξεχωριστό δώρο. Μου είπε να σας πω ότι ανυπομονεί να σας γνωρίσει".

"Σας ευχαριστώ πολύ. Θα το φυλάξω σαν θησαυρό. Πες στη μαμά σου ευχαριστώ. Θα ανυπομονώ να τη γνωρίσω κι εγώ". Η Μαίρη έβαλε τον άγγελο μπροστά στο πιάτο της, ώστε να μπορεί να απολαμβάνει να τον κοιτάζει καθώς έτρωγε.

Οι κυρίες εντόπισαν το δαχτυλίδι της Βάλερι και αναγκάστηκαν να το "ωχ" και "αχ". Συνεχάρησαν τον Μάρκους και ευχήθηκαν και στους δύο μια μακρά και ευτυχισμένη ζωή.

Η Mary στράφηκε προς την Emily. "Πώς σου φαίνεται η επίσκεψή σου στο Ντέντον;" ρώτησε.

"Θεωρώ ότι είναι μια υπέροχη πόλη. Έψαχνα για ένα σπίτι στο Ρόλινγκ Φορκ, αλλά μέχρι στιγμής δεν έχω βρει τίποτα. Σκέφτηκα να ρίξω μια ματιά εδώ, αν ο Μάρκους δεν έχει αντίρρηση".

"Δεν έχω αντίρρηση, μητέρα. Αν θέλετε σοβαρά να ψάξετε για σπίτι, ο Μπομπ μπορεί να σας βοηθήσει. Έχει την καλύτερη μεσιτική εταιρεία στην πόλη".

Ο Μπομπ χαμογέλασε. "Όποτε θέλετε να ρίξετε μια ματιά, πείτε μου και θα δω τι μπορώ να κάνω", υποσχέθηκε.

"Σας ευχαριστώ", συμφώνησε χαμογελώντας η

Έμιλι. "Πότε θα επιστρέψουν η Μάλι και ο Ντάνιελ;" ρώτησε ο Μάρκους.

"Θα επιστρέψουν αυτό το Σαββατοκύριακο", απάντησε η Ντάνα. "Και οι δύο ανυπομονούν να ξεκινήσουν, ο Ντάνιελ στο νέο του ιατρείο και η Μάλι θα επιστρέψει στο κολέγιο για να ολοκληρώσει την εκπαίδευσή της ως νοσοκόμα".

"Η Ντάνα και εγώ θα βοηθήσουμε την Μπάρμπαρα και τον Ματ να σχεδιάσουν το γάμο τους. Θα είναι εδώ πριν το καταλάβετε. Υπάρχουν ακόμα πολλά να κάνουμε. Πότε σκοπεύετε να παντρευτείτε εσείς οι δύο;" ρώτησε η Μαίρη.

"Δεν έχουμε μιλήσει γι' αυτό, ακόμα. Πρέπει ακόμα να πάω να συναντήσω τους γονείς της Βάλερι, αλλά δεν θα αργήσω", τους διαβεβαίωσε όλους ο Μάρκους, καθώς έριχνε ένα αποφασιστικό βλέμμα στη Βάλερι.

Η Βάλερι απλώς συμφώνησε χαμογελώντας.

Όταν επέστρεψαν στο σπίτι του Μάρκους, η Έμιλι δικαιολογήθηκε και ανέβηκε στον επάνω όροφο. Ο Μάρκους πήρε το χέρι της Βάλερι και την οδήγησε στον καναπέ. Μόλις έφτασε εκεί, κάθισε και την τράβηξε στην αγκαλιά του. Η Βάλερι πήγε πρόθυμα. Με τα χέρια πλεγμένα μεταξύ τους, σύντομα φιλιόντουσαν παθιασμένα. Κάθισαν εκεί για αρκετή ώρα, γέρνοντας σταδιακά στη γωνία του καναπέ και κάνοντας πιο άνετα. Μετά από λίγο ο Μάρκους αποτραβήχτηκε. Η Βάλερι έκανε έναν ήχο διαμαρτυρίας. Δεν ήθελε να χάσει την επαφή με τον Μάρκους. Ο Μάρκους έσπρωξε τα μαλλιά της πίσω από το πρόσωπό της.

"Το ξέρω, αγάπη", είπε. "Ούτε εγώ θέλω να σταματήσω, αλλά έχεις ένα ραντεβού το πρωί. Ξέρεις ότι δεν χρειάζεται να δουλέψεις. Θα παντρευτούμε. Μπορώ να σε φροντίσω".

"Το ξέρω. Θέλω να δουλέψω. Τουλάχιστον μέχρι να κάνουμε παιδιά. Δεν θέλω να κάθομαι όλη μέρα στο σπίτι χωρίς να έχω τίποτα να κάνω. Θα βεβαιωθώ ότι ο κ. Έιμς θα ξέρει ότι δεν θα δουλεύω τα βράδια ή τις νύχτες. Αυτά ανήκουν σε σένα. Σ' αγαπώ." Η Βάλερι έσκυψε για ένα ακόμη φιλί.

Ο Μάρκους την υποχρέωσε και στη συνέχεια σηκώθηκε και τη βοήθησε να σταθεί στα πόδια της. "Θα σε συνοδεύσω στο δωμάτιό σου", είπε.

Στην πόρτα του δωματίου της, ο Μάρκους της έδωσε ένα τελευταίο φιλί. "Ονειρέψου με", είπε.

"Πάντα θα σε ονειρεύομαι", απάντησε η Βάλερι. "Ήταν το όνειρο της αγάπης που μας έφερε ξανά κοντά".

Αγαπητέ αναγνώστη,

Ελπίζουμε να σας άρεσε η ανάγνωση του *Το Ονειρο Της Αγαπης*. Παρακαλούμε αφιερώστε λίγο χρόνο για να αφήσετε μια κριτική, ακόμη και αν είναι σύντομη. Η γνώμη σας είναι σημαντική για εμάς.

Με τους καλύτερους χαιρετισμούς,

Betty McLain και η Ομάδα του Next Chapter

ΣΧΕΤΙΚΆ ΜΕ ΤΟΝ ΣΥΓΓΡΑΦΈΑ

Με πέντε παιδιά, δέκα εγγόνια και έξι δισέγγονα έχω μια πολύ πολυάσχολη ζωή, αλλά το διάβασμα και το γράψιμο αποτελούσαν πάντα ένα πολύ μεγάλο και ευχάριστο μέρος της ζωής μου. Γράφω από πολύ μικρή. Κρατούσα σημειωματάρια, με τις ιστορίες μου σε αυτά ιδιωτικά. Δεν τις μοιραζόμουν με κανέναν. Ήταν όλες χειρόγραφες γιατί δεν μπορούσα να δακτυλογραφήσω. Ζούσαμε στην εξοχή και έπρεπε να γράφω κυρίως τη νύχτα. Οι μέρες μου ήταν απασχολημένες βοηθώντας τα αδέλφια μου. Βοηθούσα επίσης τη μαμά στον κήπο και στην κονσερβοποίηση τροφίμων για την οικογένειά μας. Παρόλο που ήμουν κουρασμένη, κατάφερνα να γράφω τις σκέψεις μου στο χαρτί τη νύχτα.

Όταν παντρεύτηκα και άρχισα να μεγαλώνω την οικογένειά μου, συνέχισα να γράφω τις ιστορίες μου, ενώ βοηθούσα τα παιδιά μου να περάσουν το σχολείο και να ξεκινήσουν τις δικές τους ζωές και οικογένειες. Η αδελφή μου ήταν η μόνη που διάβαζε τις ιστορίες μου. Ήταν πολύ ενθαρρυντική. Όταν η μικρότερη κόρη μου ξεκίνησε το κολέγιο, αποφάσισα να πάω κι εγώ στο κολέγιο. Είχα πάρει το GED μου σε προγενέστερη ημερομηνία και έπρεπε να παρακολουθήσω μόνο ένα μάθημα για να περάσω τις εισαγωγικές εξετάσεις για το κολέγιο. Πέρασα με άριστα και κατάφερα μάλιστα να πάρω και μερική υποτροφία. Έκανα μαθήματα πληροφορικής για να μάθω δακτυλογράφηση. Τα μαθήματα αγγλικών και λογοτεχνίας με βοήθησαν να τελειοποιήσω τις ιστορίες μου.

Διαπίστωσα ότι η δημόσια ομιλία δεν ήταν για μένα. Ήμουν πολύ πιο άνετη με τον γραπτό λόγο, αλλά η έρευνα και η συγγραφή των ομιλιών ήταν χρήσιμη. Μπορούσα να χρησιμοποιήσω πληροφορίες για να χτίσω μια ιστορία. Κατάφερα ακόμα να βάλω τη δική μου πινελιά στις εκθέσεις.

Τελείωσα το κολέγιο με πτυχίο και μέσο όρο βαθμολογίας 3,4. Είχα διάφορα βραβεία, όπως τη λίστα των προέδρων, τη λίστα των πρυτάνεων και τη λίστα του διδακτικού προσωπικού. Η σχολική εμπειρία με βοήθησε να αποκτήσω μεγαλύτερη αυτοπεποίθηση στο γράψιμο. Θέλω να ευχαριστήσω την καθηγήτρια Αγγλικών μου στο κολέγιο που μου έδωσε μεγαλύτερη αυτοπεποίθηση στο γράψιμο λέγοντάς μου ότι είχα καλή φαντασία. Είπε ότι αφηγούμαι μια ενδιαφέρουσα ιστορία. Η κόρη μου, η οποία είναι πολύ καλή συγγραφέας και έχει εκδώσει δικά της βιβλία, με έπεισε να εκδώσω κάποιες από τις ιστορίες μου. Τις δημοσίευσε μόνη της για μένα. Την πρώτη φορά που κράτησα ένα από τα βιβλία μου στα χέρια μου και κοίταξα το όνομά μου ως συγγραφέας, ήμουν τόσο περήφανη. Έτυχαν πολύ καλής υποδοχής. Αυτό ήταν αρκετή ενθάρρυνση για να με πείσει να συνεχίσω να γράφω και να εκδίδω. Από τότε χτίζω τη βιβλιοθήκη μου με τα βιβλία που έγραψε η Μπέτι Μακλέιν. Έγραψα και εικονογράφησα επίσης αρκετά παιδικά βιβλία.

Το να μπορώ να πληκτρολογώ τις ιστορίες μου μου άνοιξε έναν εντελώς νέο κόσμο. Η πρόσβαση σε υπολογιστή με βοήθησε να αναζητήσω οτιδήποτε χρειαζόμουν να μάθω και επέκτεινε την ικανότητά μου να συνεχίσω να γράφω τα βιβλία μου. Η εγγραφή στο Facebook και η δημιουργία φίλων σε όλο τον κόσμο διεύρυνε σημαντικά τις προοπτικές μου. Μπόρεσα να κατανοήσω πολλούς διαφορετικούς τρόπους ζωής και να τους ενσωματώσω στις ιδέες μου.

Έχω ακούσει το ρητό, προσέξτε τι λέτε και μην εκνευρίσετε τον συγγραφέα, μπορεί να καταλήξετε σε ένα βιβλίο που θα εξαλειφθεί. Είναι αλήθεια. Όλη η ζωή υπάρχει για να διεγείρει τη φαντασία σας. Είναι διασκεδαστικό να κάθεστε και να σκέφτεστε πώς μπορεί να αλλάξει μια σκέψη για να αναπτυχθεί μια ιστορία, και να παρακολουθείτε την ιστορία να αναπτύσσεται και να ζωντανεύει στο μυαλό σας. Όταν αρχίζω, οι ιστορίες γράφονται σχεδόν από μόνες τους, απλά πρέπει να τα καταγράψω όλα όπως τα σκέφτομαι πριν χαθούν.

Μου αρέσει να ξέρω ότι οι ιστορίες που έχω γράψει διαβάζονται και απολαμβάνονται από άλλους. Μου προκαλεί δέος να κοιτάζω τα βιβλία και να σκέφτομαι ότι εγώ το έγραψα αυτό.

Ανυπομονώ για πολλά ακόμη χρόνια να βάζω τις ιστορίες μου εκεί έξω και ελπίζω ότι οι άνθρωποι που διαβάζουν τα βιβλία μου ανυπομονούν να τα διαβάσουν το ίδιο.

Το Ονειρο Της Αγαπης
ISBN: 978-4-82412-857-7
Χαρτόδετο χαρτί μαζικής αγοράς

Εκδόσεις
Next Chapter
1-60-20 Minami-Otsuka
170-0005 Toshima-Ku, Tokyo
+818035793528

15 Μάρτιος 2022